Tschüsschen, Tschüsschen

ÄQUINOKTIUM

AF200744

Tschüsschen, Tschüsschen

ÄQUINOKTIUM

ANTHOLOGIE

Herausgeber: Paperwork
Donatusstraße 6
50259 Pulheim

www.paperwork.design
Covergestaltung: Paperwork
Lektorat/Korrektorat/Satz: Paperwork

Herstellung und Verlag: BoD – Books on
Demand, Norderstedt

ISBN: 9783746077024

INHALTSVERZEICHNIS

HERBERT ARP 7

Dienstaufsichtsbeschwerde **7**

COLJA NOWAK 25

Fluffer **25**

MIRCO ADAM 67

Entgeistert **67**

JULIA DEST 107

Schlechte Ernte **107**

CLEM C SCHERMANN 125

No Face **125**

ALEXANDER KÜHL 147

Emma **147**

WOLFGANG BRUNNER 171

Der Ort, an dem die Träume beginnen . **171**

AUTOREN 199

HERBERT ARP

DIENSTAUFSICHTSBESCHWERDE

Mit lautem Knall landeten die Papiere auf dem kleinen Tisch, der zwischen zwei cremeweißen Sofas stand und von einem Strauß roter Blumen dominiert wurde. Das oberste Blatt drohte herunterzufallen, wurde aber beinahe beiläufig durch dessen Überbringerin aufgehalten. Frau Vera ließ sich mit einem Seufzer auf eines der Sofas fallen.

»Kommen Sie, Herr Urian?«

»So förmlich heute, Frau Vera?«, sagte der Mann, der hinter einem massiven und reich verzierten Schreibtisch vor einer Fensterfront saß und sie anblickte.

»Es ist dienstlich.«

»Dienstlich?«

Herr Urian stand auf, knöpfte sein Sakko zu und richtete notdürftig seine lückenhaft blond gefärbten Haare, die bei genauerem Hinsehen dünn und unecht wirkten. Er ging zu den beiden Sofas und setzte sich langsam Frau Vera gegenüber.

»Sie können sich sicher denken, warum ich hier bin – wieder einmal.«

»Och, Gründe gibt es sicher genug. Soll ich mir einen aussuchen?«

Frau Vera presste die Lippen zusammen und schaute ihn ernst an, während sie auf den Stapel Papiere tippte.

»Es gibt eine Dienstaufsichtsbeschwerde gegen Sie.«

Der Mann zog überrascht seinen Kopf zurück, sodass sein Kinn im Hals zu verschwinden schien. Dabei runzelte er die Stirn und formte mit seinen zurückgezogenen Mundwinkeln eine groteske Grimasse.

»Ist das Ihr Ernst?«

Frau Vera schloss kurz die Augen und holte tief Luft, bevor sie antwortete: »Ja. Sie wissen, dass ich als Ihre Vorgesetzte so einer Beschwerde nachgehen muss. So absurd sie auch sein mag. Bringen wir es also schnell hinter uns.«

Herr Urian legte seinen Kopf schief, lehnte sich schweigend zurück und faltete die Hände auf dem Schoß.

»Seit wann sind Sie im Globalamt für göttliche Fügungen tätig? Dreitausend Jahre?«

»Ungefähr, ja.«

Frau Vera nahm einen Notizblock und einen Stift zur Hand. »Und seit wann leiten Sie das Dezernat Diabolik der Abteilung C?«

»Na, das wissen Sie doch. Seit etwa eintausendzweihundert Jahren.«

Frau Vera nickte. »Ich muss das fragen und protokollieren. Es soll hinterher nicht heißen, der Dienstaufsichtsbeschwerde sei unsauber nachgegangen worden.« Sie nahm den Stapel Papiere vom Tisch und legte ihn auf ihren Schoß. Mit wenigen Handgriffen zog sie ein Dokument heraus.

»Vorher waren Sie in der Abteilung A beschäftigt?«

Herr Urian lächelte. »Ja. Dort hatte ich meine ersten Erfahrungen im Seelengeschäft gesammelt. Das war eine wilde Zeit gewesen. Als die Abteilung mangels Nachfrage aufgelöst wurde, hatte man mich hierher versetzt.«

Frau Vera nickte und machte sich Notizen. »Es gab einfach keinen Bedarf mehr für die Aufrechterhaltung der Abteilung.«

Herr Urian zog die Augenbrauen hoch. »Bedauerlicherweise! Kaum einer interessierte sich noch für unser polytheistisches Dienstleistungskonzept. Plötzlich waren alle besessen von diesem One-God-Fits-All-

Konzept der Abteilung C mit seinen bürgernahen Amtsboten Michael, Gabriel, Uriel, Raphael und wie sie alle heißen. In der Abteilung A hatten wir noch persönlichen Kontakt zu den Leuten.«

»Die Umstrukturierung war nötig und richtig. Das Konzept wurde mit den Abteilungen J und Z ausgiebig geprüft. Es ist nicht nur effektiv, sondern auch effizient.«

Herr Urian stieß verächtlich Luft aus. »Im Grunde wollten Sie doch nur Fachpersonal einsparen, damit die Amtsleiter sich die Taschen vollstopfen können.«

»Na, na!« Frau Vera setzte sich aufrecht hin und verengte ihre Augen als sie ihn anblickte. »Ich bin immer noch Ihre Vorgesetzte, vergessen Sie das nicht! Unsere Bezahlung folgt streng dem Tarifvertrag des göttlichen Dienstes. Was wir unten einsparen, kommt nicht oben an, sondern bei den Maßnahmen für die Antragsteller. Und ich bin wegen einer Beschwerde gegen Sie hier. Konzentrieren wir uns also darauf.«

Herr Urian verschränkte seine Arme und schnalzte abfällig mit der Zunge.

»Sie haben damals also die Leitung des Dezernats übernommen ...«

Er zuckte mit den Schultern. »Ja, ich war die beste Wahl.«

»Tatsächlich? Ihr Amtskollege in Abteilung J, Samuel Atan, erschien mir damals auch recht vielversprechend.«

Herr Urian rollte mit den Augen. »Der hat keinen Biss. Tut immer nur, was sein Abteilungsleiter ihm aufträgt. Nicht die geringste Eigeninitiative. Kein Wunder, dass sich sein Dezernat nicht wesentlich erweitert. Wenn Sie mich fragen, sollte er ersetzt werden.«

»Ich frage Sie aber nicht. Er macht genau das Richtige. Sein Dezernat konzentriert sich zwar auf das Einzugsgebiet Nahost, aber Anträge kommen dennoch weltweit herein.«

»Schön, das Konzept der Diaspora funktioniert dort recht gut. Das ist aber nicht mein Stil, viel zu wenig Glamour.« Herr Urian biss seine Zähne zusammen, während Frau Vera den Papierstapel wieder auf den kleinen runden Tisch mit den auffälligen Blumen legte. Sie zog ein weiteres Blatt heraus, beugte sich etwas nach vorne und überflog das Papier.

»Wie sind Sie damals mit den Fachdezernaten aus anderen Abteilungen zurechtgekommen?«

»Die Abteilung C war schon lange enorm dynamisch und expansiv. Nahezu jeder wollte eigentlich auf meinem Stuhl sitzen. Natürlich gab es erst mal Anlaufschwierigkeiten, bis sich alle mit der Situation abgefunden hatten.«

Frau Vera spitzte kurz die Lippen, während sie ihre Gedanken ordnete. »Sie würden also sagen, dass Sie inzwischen professionell und kollegial miteinander umgehen?«

Herr Urian atmete tief ein und formte mit dem Zeigefinger und Daumen seiner linken Hand einen Kreis, den er auf und ab bewegte. »Natürlich. Lediglich Abteilung I macht mir immer wieder Schwierigkeiten.«

»Inwiefern?«

»Die haben ständig etwas an unserer Arbeit auszusetzen, verweigern die Zusammenarbeit und reden uns bei den Antragstellern schlecht. Glauben Sie mir, bis dieses Problem eingegrenzt werden kann und wir es verstehen – und die schädliche Außenwirkung – müssen wir denen den Zugang zu unserer Abteilung und Einzugsgebieten verwehren!«

Frau Vera spreizte die Zeigefinger und Daumen von ihren Händen ab und führte sie an deren Spitzen zusammen. »Das ist natürlich bedauerlich, Herr Urian. Ich kann Ihnen aber versichern, dass die Abteilungen auf Leitungsebene kooperativ zusammenarbeiten und eine solche Maßnahme nicht notwendig ist. Im Übrigen erhält der dortige Abteilungsleiter, Herr Almasi, auch ständig Beschwerden aus unserer Abteilung.«

Herr Urian breitete die Arme aus. »Aha! Dann kommt also die Dienstaufsichtsbeschwerde gegen mich schon wieder von diesen idiotischen Leuten aus Abteilung I?«

»Die Beschwerde gegen Sie kommt von ganz anderer Stelle, auch wenn gegen uns tatsächlich viele Dienstaufsichtsbeschwerden aus Herrn Almasis Abteilung vorliegen. Die betreffen allerdings mich als Abteilungsleiterin. Die meisten stellen sich natürlich als substanzlos heraus.«

Herr Urian schob die Lippen nach vorne, als würde er diese Information sehr langsam verarbeiten.

»Kommen wir zurück zu Ihnen. Sie sind ein sehr ehrgeiziger Dezernatsleiter. Wie schätzen Sie Ihre Arbeit ein?«

Herr Urian streckte beide Daumen hoch. »Ich arbeite hart, bin klug und denke immer daran, dass sich letztlich der Erfolg um alles kümmert. Glauben Sie mir, Erfolg zu haben, wird niemals langweilig! Es wird niemals langweilig!«

Frau Vera zog die Augenbrauen hoch. »Die Pest Mitte des 14. Jahrhunderts?«

»Ein Meisterstück! Die Pest wurde beantragt und genehmigt. Ich habe daraus ein riesiges Event gemacht.«

»Den Unterlagen zufolge wurde ...« Frau Vera blätterte ein wenig in den Unterlagen und fuhr schließlich mit dem ausgestreckten Zeigefinger über ein Blatt. An einer Stelle hielt sie inne und tippte zwei Mal darauf. »... lediglich einem Fischer aus Konstantinopel die ›Pest an den Hals‹ gewünscht.«

Herr Urian lehnte sich zurück und schlug die Beine übereinander. »Und genau das habe ich getan.«

»Und die anderen fünfundzwanzig Millionen Todesopfer?«

Er setzte sich wieder gerade hin und machte eine abwehrende Geste mit seinen Händen, als drückte er sie mehrmals gegen eine unsichtbare Mauer. »Seien wir mal ehrlich! Die Leute lebten in Saus und Braus, besonders der Klerus. Echte Arschlöcher, die reinste Partykirche. Da habe ich vielleicht die ein oder andere Ratte mehr mit dem orientalischen Rattenfloh besetzt. Ich habe den Sumpf trockengelegt.«

»Und es eskalierte, schließlich traf es vor allem die Armen.«

»Ich bin immer gründlich. Da waren außerdem auch einige Idioten darunter. Lieber einer mehr, als einer zu wenig. Und wenn wir ehrlich sind, haben Sie auch nicht gerade eine weiße Weste. Ich meine, die Sintflut mit ihrer konzeptschwachen Arche? Wie viele Unschuldige sind dabei umgekommen?«

»Die Sintflut war eine notwendige Maßnahme, aber was hat Ihrer Meinung nach mit Noahs Arche nicht gestimmt?«

»Also bitte! Ein Mann nur mit seiner Familie und jeweils einem Tierpaar der verschiedenen Gattungen sollte als Stamm für einen Neuanfang dienen? Eine perfide Art, Inzest und Sodomie zu erzwingen.«

Frau Vera stand auf und zog ihren Blazer glatt. »Wir hatten auf die Schnelle keine anderen Glaubenstreuen gefunden und die Sintflut war bereits eingeleitet.« Sie blieb stehen und tippte sich mit dem Zeigefinger auf den Mund, während sie ihre Augen verengend an die Raumdecke blickte. »Da waren noch zwei weitere Kandidaten, die wir warnten und ermahnten, eine Arche zu bauen. Aaron und Dana, zwei sehr gottesfürchtige Menschen.«

»Und warum bauten die Keine? Mit ihnen wäre vielleicht eine weniger idiotische Menschheit entstanden«

Frau Vera winkte ab. »Aaron war erst fünf Jahre alt und seine Eltern erlaubten ihm nicht, eine Arche zu bauen. Dana starb an einem Herzinfarkt, als ich ihr erschien. Ich hätte vielleicht mit weniger Brimborium auftreten sollen. Fanfaren, Blitzlichter, Choräle – war wohl zu viel des Guten.«

Herr Urian grinste schief. »Zugegeben, die Sintflut war ein inspirierender Einfall. Mal unter uns: Es hat sich für Sie doch auch gut angefühlt.«

Frau Vera runzelte die Stirn und schaute Herrn Urian entsetzt an. Sie schüttelte leicht den Kopf und setzte sich wieder auf das Sofa. »Derlei Gefühle sind mir fremd. Ich handle stets nach dem Buch der Bücher. Alles andere wäre Neuland für mich.«

»Natürlich. Und all die Sanktionen gegen wankelmütige Antragsteller?«

Frau Vera massierte kurz ihre Stirn. »Hin und wieder müssen Menschen sanktioniert werden, die sich nicht an unsere Regeln halten. Sie können doch keine Dienstleistungen bekommen, wenn es ihnen an Gottesfurcht mangelt. Ich tue das nicht aus Rachsucht. Ich sanktioniere aus Liebe und mit der Absicht, die Leute zurückzuholen.«

»Auch wenn diese Sanktionen das Leben dauerhaft beeinflussen, wie etwa schwere Unfälle, quälende Krankheiten oder gleich der Tod?«

Sie zog langsam Luft durch ihre Nase ein und entließ sie wieder durch ihren Mund. »Ja. Die Seelen kehren in unseren Schoß zurück.«

Herr Urian schmunzelte triumphierend. »So wie damals in Sodom und Gomorra.«

Frau Vera wich seinem Blick aus. »Das ... lief auch irgendwie aus dem Ruder.«

»Ein totales Desaster! Dagegen sind meine Leistungen fabelhaft.« Selbstgefällig legte Herr Urian seine Hände hinter den Kopf und lehnte sich an die Rückenlehne des Sofas. Für einen Augenblick herrschte Ruhe. Eine angespannte Ruhe. Frau Vera blätterte in den Papieren, ihr Blick eher starr als suchend.

»Gut hat es sich nicht angefühlt.« Sie holte tief Luft und schaute Herrn Urian wieder an. »Das ist für uns heute nicht wichtig. Es geht um Sie. Beleuchten wir doch mal Ihre aktuelle, ähm, unwürdige Erscheinung.«

Herr Urian blickte Frau Vera fragend an. »Was stimmt damit nicht? Das Büro hier ist wesentlich komfortabler als mein Büro im Keller der Abteilung C.«

»Abgesehen davon, dass eine dauerhafte Erscheinung nur in Ausnahmefällen genehmigt werden darf und Sie, wie vor 80 Jahren, nicht einmal einen ordentlichen Antrag dafür gestellt haben, frage ich mich, was Sie damit bezwecken.«

»Ich mache Abteilung C wieder groß!«

Frau Vera stutzte. »Sie? Das ist nicht Ihre Aufgabe.«

Wieder formte Herr Urian mit Zeigefinger und Daumen einen Kreis und während er sprach öffnete er ihn immer wieder, um beide Finger L-förmig anzuordnen. »Ich weiß. Aber glauben Sie mir, sonst macht das keiner! Millionen und Abermillionen Menschen erwarten das von uns. Niemand hier weiß, dass ich Herr Urian bin und das Dezernat Diabolik der Abteilung C im Globalamt für Göttliche Fügungen leite. Die Menschen glauben, ich sei ihr gottesfürchtiger Anführer. Und ganz ehrlich, ich kann so diabolisch sein, wie es meine Natur ist. Das fällt hier keinem auf! «

Frau Vera zog ihre Augenbrauen zusammen und presste die Lippen aufeinander, bevor sie antwortete. »Schön und gut, aber Sie geben ein schlechtes Beispiel ab. Es gibt überall bereits Nachahmer aus anderen Abteilungen. In Nordkorea etwa. Ungarn, Brasilien. Und Sie wissen, dass das ein Grund für die Unordnung in der Welt ist. Sie gerät außer Kontrolle, die Menschen verlieren ihre Orientierung, ihre Führung.«

Herr Urian lachte auf und beugte sich vor, wobei er sich mit seinen Ellenbogen auf seinen Oberschenkeln abstützte. »Und was machen Sie? Nichts. Wann haben Sie denn Ihr letztes Wunder gewirkt?«

»Ich wirke viele Wunder durch Menschen oder Amtsboten.«

Herr Urian wippte mit den Augenbrauen. »Blut weinende Marienstatuen? Die Rettung eines Kindes vor dem Ertrinken? Frau Vera, wir müssen riesengroß denken, sonst gibt es unsere Abteilung bald auch nicht mehr.«

»Ist das der Grund, weswegen Sie sich den Leuten nicht offen als Teufel zu erkennen geben, sondern sich immer und immer wieder als mein Botschafter auf Erden darstellen?«

»Natürlich! Ich bin fest davon überzeugt, dass wir eine führende Rolle übernehmen können. Dazu gehört auch die Beschränkung der anderen Abteilungen. Sie sprachen vorhin von Effizienz. Wie effizient wäre es, wenn wir nur eine einzige Abteilung im Globalamt hätten?«

Frau Vera schüttelte energisch den Kopf. »Das ist unmöglich. Es wird immer Leute geben, die sich nicht an Abteilung C wenden wollen.«

Herr Urian stieß verächtlich Luft aus und legte routiniert seine Stirn in Falten. »Wenn es keine andere Abteilung gibt, haben sie keine Wahl. Und zur Not überrollen wir die Welt eben noch mal mit einer riesigen Sintflut. Oder wir schalten das Internet für ein Stündchen aus. Wir machen Abteilung C wieder ganz groß!«

»Sie ist bereits die größte Abteilung …«

»Und wir könnten noch viel größer werden. Denken Sie nur an die Leute, die jetzt der Abteilung U zugeordnet sind.«

Frau Vera stutzte. »Die Unentschlossenen und Ungläubigen? Das sind sie ja nicht ohne Grund. Angebote gibt es genug, auch unseres. Aber die füllen keine Anträge aus.«

Herr Urian schüttelte energisch den Kopf. »Wir nennen sie die stille Masse, aber die Menschen haben es einfach satt. Sie haben die Inkompetenz satt, sie haben langwierige Antragsverfahren satt, sie haben idiotische Rituale satt.«

Frau Vera blinzelte. »Aber das haben wir immer schon so gemacht.«

»Genau. Wir müssen aber mit der Zeit gehen, nicht wie Abteilung I mit ihrer rückwärtsgewandten Antragsbearbeitung. YouTube! Wir nutzen das, um unsere Botschaft in all die Leute zu pflanzen.«

»Apropos YouTube …«

Herr Urian winkte ab. »Ich weiß, Sie neiden mir diesen Erfolg. YouTube war eine geniale Erfindung von mir, die meine Arbeit beinahe automatisierte – eine schöne, stilvolle Arbeit. Und die riesigen Mengen an Fake News und viralen Videos, die ich damit lanciere.«

»Herr Urian, unser Globalamt hat seit Bestehen feste Regeln und feste Vorgehensweisen. Die haben sich über die Jahrtausende bewährt. Anträge kommen herein und werden bearbeitet, wie sie schon immer bearbeitet wurden. Das ist auch eine Frage der Qualitätssicherung. Ihre antragslosen Maßnahmen wie YouTube, Facebook oder Instagram mögen Ihnen die Tätigkeit erleichtern, sind aber in unseren Verordnungen nicht vorgesehen.«

Herr Urian hob seine rechte Hand und wedelte damit auf und ab. »Die wurden alle beantragt.«

Frau Vera zog fragend ihre Augenbrauen hoch und die Mundwinkel nach unten. »In dem Ausmaß?«

Er nickte langsam. »So ungefähr. Ich habe es ein wenig größer gemacht.«

Frau Vera seufzte und holte ein Blatt aus dem Stapel. »Ich zitiere aus dem Sammelantrag vom 31. Januar 2005: ›... wünschen wir uns eine Datenbank, in die wir ohne großen Aufwand alle Daten unserer Kunden aufnehmen können.‹ Meinen Sie das?«

Herr Urian zuckte mit den Schultern. »Antrag bearbeitet und ausgeführt.«

»Sie hätten auch SAP nutzen können.«

Er lachte. »Ja, aber dann wäre ich nicht der Teufel.«

Frau Vera schloss kurz die Augen und versuchte, nachdem sie sie wieder geöffnet hatte, zu lächeln. Noch bevor sie antworten konnte, klopfte es an der Tür.

»Herein!«

Die Tür öffnete sich und ein Mann in schwarzem Anzug, weißem Hemd und schwarzer Krawatte trat einen Schritt in den Raum. »Mister President. Frau Bundeskanzlerin. Die Pressekonferenz beginnt in wenigen Minuten.«

Herr Urian nickte dem Mann zu, der daraufhin den Raum wieder verließ. Beinahe zeitgleich standen er und Frau Vera auf, schlossen Sakko und Blazer und zogen ihre Hosen glatt.

»Ach, Frau Vera. Was ist denn eigentlich mit der Dienstaufsichtsbeschwerde? Woher kommt sie?«

»Oh, richtig. Von Bastet.«

Herr Urian zog seinen Kopf wieder so weit zurück, dass sein Kinn im Hals verschwand, während er seine Gesichtszüge verbog. »Die ägyptische Katzengöttin aus Abteilung X? Ich dachte, die sei schon längst in Rente. Gehen ja auch gar keine Anträge mehr ein.«

»Ein paar Anträge kommen durchaus noch.«

Er richtete seine rote Krawatte und grinste leicht. »Und weswegen beschwert sie sich?«

Frau Vera ging zur Tür und wartete, bis Herr Urian sie ihr öffnete. Sie schaute ihn an. »Weil Sie in ihren Kompetenzbereich eingedrungen sind.«

»Ich bin was? Womit denn?«

Sie ging durch die Tür und Herr Urian folgte ihr. »Katzenvideos!«

COLJA NOWAK

FLUFFER

Was für ein Mann du doch bist! Anaïs genießt die Wärme von Leons Hand, welche die ihre zart hält. Wie groß sie ist, stark und doch so sanft.

Sie schielt angestrengt zu ihm, hofft einerseits, dass er ihren Blick erwidert, andererseits, dass er ihn nicht bemerkt.

Wie ein verliebtes Schulmädchen mit deinen über vierzig Jahren.

Unauffällig wandern ihre Augen an seinem Körper auf und ab. Wie gut er doch aussieht. Selbst unter dem modischen Anzug zeichnet sich seine sportliche Figur markant ab. Die grau melierten Schläfen, die silbernen Härchen in seinem gepflegten Bart. Sie verleihen ihm diese besondere Aura der Erhabenheit. Die Grübchen über seinem Mund, die Lachfalten um seine rehbraunen Augen, alles schreit danach, sich ihm an den Hals zu werfen. Anaïs Blick bleibt auf ihren umschlungenen Händen haften.

Oh Gott, wenn er wüsste, was du mit deiner Hand später anstellen wirst. Sie versucht ein Lächeln zu verbergen. *Ausgerechnet du, die überzeugte Single-Frau, bis über beide Ohren verliebt.*

Sie hatte sich das Singleleben nach vielen Enttäuschungen selbst ausgesucht, nie wirklich auf den Traumprinzen gewartet, geschweige denn ihn gesucht. Und dann, steht er plötzlich vor ihr und spricht sie an, mitten bei Starbucks, wo sie in Ruhe ein Buch lesen wollte. Sie ist immer noch der festen Überzeugung, dass sie keinen Mann braucht, um glücklich zu sein. Auch dass man keine romantische Partnerschaft braucht, um Liebe zu finden. Die Katze tut es auch. Trotzdem, dieser Mann ist etwas Besonderes und hat ihre Lebenseinstellung auf den Kopf gestellt. Endlich würde auch diese hämische Frage, »Wo hast du denn deinen Freund gelassen«, enden, wenn sie mit alten Bekannten unterwegs ist. Oder noch schlimmer, dieses, meist mit mitleidiger Miene, hervorgebrachte Versprechen, »Du findest schon noch den Richtigen.« Ob sie nach all den Jahren überhaupt noch beziehungsfähig ist? Ihre Mutter war jedenfalls immer der Meinung, dass sie darin aufgehen würde, für einen Mann zu putzen und zu kochen.

»Pornografie ist zu einer Plage in der abendländischen Kultur geworden«, zischt eine blonde Frau mit eiskalt blauen Augen von der Bühne ins Publikum. Die Strenge ihrer straff zurückgebundenen Haare wird nur noch von der Härte ihrer verbissenen Gesichtszüge übertroffen. »Sie breitet sich epidemieartig aus und ist zur am schnellsten anwachsenden Sucht der westlichen Zivilisation geworden. Ihre Wirkung auf das menschliche Gehirn, besonders das männliche, gleicht der von Drogen wie Heroin. Das Internet ist zu ihrem Goldenen Dreieck geworden. Betreiber von Plattformen wie Pornhub sind die Escobars der modernen Zeit. Pornografie macht ihre Opfer abhängig, verändert ihren Geist, ihre Werte, zerstört Familien und Leben. Deshalb fordern wir den deutschen Staat auf, Pornografie zu einer Gesundheitskrise zu erklären.«

Na ja, kein Mann ist perfekt, jeder hat seine Fehler. Leons ist es, fest an die Schöpfung innerhalb von sieben Tagen zu glauben, die Vertreibung aus dem Paradies als historisches Ereignis zu betrachten, sowie Himmel und Hölle für real existierende Orte zu halten. Aber es sieht so süß aus, wie er sich ihre Handtasche über die Schulter geworfen hat, damit sie nicht so schwer schleppen muss. Und es macht ihm nichts aus, was andere Besucher über ihn denken könnten. Er trägt sie ganz selbstverständlich.

Man muss ein echter Kerl sein, um eine Louis Vuitton Handtasche mit so viel Selbstbewusstsein zu tragen. Bitte, guck nur nicht rein!

Die Frau auf der Bühne hält ihre geballte Faust hoch. »Pornografie pervertiert die Schönheit inniger Liebe, die nur in gleichgeschlechtlicher Ehe ihre Berechtigung hat, indem sie niederes Vergnügen am Akt der Fortpflanzung glorifiziert. Ein Akt, der nur vollzogen werden darf, wenn er dazu dient, neues Leben zu erschaffen. Ansonsten ist er eine schwerwiegende Sünde gegen die Keuschheit und beraubt den Menschen seiner Würde.«

Jeder Silbe verleiht sie durch das Schwingen ihres Zeigefingers, ähnlich dem eines manischen Dirigenten vor seinem Orchester, Nachdruck.

Ja, die Sache hier ist noch so ein kleiner Fehler Leons. FEGSDA! Fromme Europäer gegen die Sodomifizierung des Abendlandes. Ableger einer rechtspopulistischen Bewegung, der vorgibt, sich gegen die Verrohung des Abendlandes durch moderne Medien zu stellen und selbstverständlich auch durch die Werte fremder Kulturen.

In Anaïs Augen tummeln sich hier zwar weniger fromme Menschen, als Rechtsradikale, christliche Fundamentalisten und Leute, die sich in der modernen Gesellschaft nicht zurechtfinden, aber für Leon gibt sie gerne Interesse vor. Letztendlich hat es auch seine Vorteile, so einen gläubigen Mann zu daten. Sein Umgang mit ihr ist in den fünf Wochen, seit denen sie sich treffen, immer respektvoll gewesen. Der Mann interessiert sich für ihre Person, nicht ihren Körper. Er unterhält sich stundenlang mit ihr, statt nur auf Sex aus zu sein. Gut, so langsam könnte er tatsächlich mal mit in ihre Wohnung kommen, statt ihr vor der Haustür einen Abschiedskuss auf die Wange zu geben. Unter normalen Umständen hätte sie bereits an seiner Heterosexualität gezweifelt, aber Homosexuelle machen einen großen Bogen um FEGSDA, also ist er einfach nur ein Mann der alten Schule.

Wahrscheinlich muss sie sich einen Ehering anstecken lassen, um ihn irgendwann mal ins Bett zu kriegen. Ach, den Zweitjob wird sie definitiv aufgeben müssen, bevor er von ihm erfährt. Nicht auszudenken, was er davon halten würde.

Oh Gott. Anaïs rümpft die Nase und hält den Handrücken vors Gesicht. Ein warmer, samtiger, gleichzeitig penetrant süßlicher Geruch ätzt sich in ihre Schleimhäute. *Sandelholz!* Sie hasst Sandelholz. Wer hat da in seinem Aftershave gebadet? Bevor sie nach dem Schuldigen Ausschau halten kann, rempelt er sich schon zwischen ihr und Leon durch und drängt zur Bühne. Dutzende folgen ihm, sie jubeln der Rednerin zu, die ihre Verehrung mit einem schmalen Lächeln belohnt, als wäre sie ein Rockstar.

Anaïs Augen verfolgen den Aftershave Fetischisten. Wenn Blicke Messer wären, würde sie gerade wie besessen auf seinen Rücken einstechen.

Dreh dich um, damit du meine Verachtung zu spüren bekommst!

Das macht er nicht. Alles, was sie von ihm zu sehen kriegt, ist sein Rücken und die Schuhe.

Goldene Sneaker? Was für eine Art Unmensch trägt goldene Sneaker?

Sie wendet sich Leon zu, um über diesen Typen zu lästern, aber der ist verschwunden. Anaïs schaut nach links und rechts, dreht ihren Körper im Kreis, stellt sich auf die Zehenspitzen, doch er ist nirgends zu sehen.

Verdammt, er hat deine Handtasche. Was, wenn er wirklich reinschaut? Wie willst du das erklären?

Sie wird nervös, ihre Hände schwitzen. Anaïs drängt durch die Menge und hält verzweifelt Ausschau nach Leon, bis sie am Ausgang der kleinen Halle ankommt. *Vielleicht wartet er draußen?*

***

Wo bist du? Was immer du machst Leon, öffne nicht die Tasche!

Anaïs seufzt frustriert. Vor ihr liegt die große Halle, ein Labyrinth aus Informationsständen, die durch mannshohe Aufstellwände voneinander getrennt sind.

Hektisch eilt sie durch diesen Irrgarten. Nicht nur, dass Leon in die Tasche gucken könnte, sie muss außerdem langsam zur Arbeit.

Moment. Anaïs atmet angewidert durch die Nase. *Sandelholz?*

Der Geruch kann sich doch nicht so schnell in ihrer Kleidung festgefressen haben? Sie zieht ihren Kragen hoch und vergräbt die Nase im Stoff. Es gelingt ihr einfach nicht, dem Gestank zu entfliehen, geht sie schneller, wird er schwächer, geht sie langsamer, stärker.

Verfolgt der Typ mich? Sie bremst ab, wirbelt herum. Nein, er ist in dem Wirrwarr aus fremden Gesichtern nicht auszumachen.

»Pornografie verherrlicht den Geschlechtsakt und somit Vergewaltigung«, lenken sie die Worte einer breitgebauten Frau mit kurz geschorenen Haaren ab. »Die Penetration ist eine Waffe, mit der uns die Männer seit Menschengedenken unterwerfen. Pornografie gaukelt uns Frauen vor, dass es normal wäre, dass es unsere Pflicht ist, sich ihnen hinzugeben. Sie unterscheidet sich nicht von anderen Drogen, die missbraucht werden, um uns zu betäuben und zu vergewaltigen. Lasst euch nicht von den Mythen des Patriarchs blenden, es gibt keine Rechtfertigung für das gewaltsame Eindringen in unsere Leiber. Eine Penetration ist weder für den weiblichen Orgasmus, noch für eine gewünschte Schwangerschaft nötig. Die Klitoris verlangt nicht danach und Samen kann auf andere, auf natürliche Weise, eingeführt werden.«

Ein Blitz blendet sie. Hat jemand sie fotografiert? Anaïs blinzelt, versucht die bunten Punkte vor ihren Augen zu vertreiben.

Wer war das?

Verschwinden da gerade die goldenen Sneakers hinter dem Stand? Sie will ihnen folgen, doch ein dürrer Mann mit Ziegenbart und strähnigen Haaren versperrt ihr den Weg.

»Pornografie ist ein Klimakiller«, sagt er und hält ihr einen Flyer hin. »Sie führt zur hemmungslosen Masturbation oder bedeutungslosem Geschlechtsverkehr. Jeder Akt verbrennt bis zu zweihundert Kalorien. Um diese wieder zu uns zu nehmen, müssen Unmengen an Fleisch verzehrt werden. Den dafür zusätzlich benötigten Weideflächen fallen unsere Regenwälder zum Opfer. Als wenn das nicht schon schlimm genug wäre, verschlimmert sich die Situation noch durch all die Treibhausgase, die bei der Verdauung der Tiere in Massenhaltung entstehen.«

Ökos haben sich ihnen also auch angeschlossen. Anaïs schiebt den Mann zur Seite, schleicht zum Ende des Stands und späht um die Ecke. Der Mann mit den goldenen Sneakers ist nicht zu entdecken. Hat sie sich das nur eingebildet? Sie schnuppert in der Luft herum.

Sandelholz. Nein, er war hier.

Aber wer ist er? Könnte es sein, dass ihr Arbeitgeber sie überwachen lässt? Nein, oder? Andererseits, bei dem neuen Job ist das gar nicht so abwegig. Selbst Geheimagenten wären denkbar. Wenn es so ist, dann wird man sie gleich an der Tür abweisen. Schlimmeres kann nicht passieren, hoffentlich.

Eine große Hand greift nach ihrer Schulter. Anaïs zuckt zusammen und fährt herum. »Leon!«, haucht sie erleichtert und fällt ihm in die Arme, nur um sich gleich wieder beschämt zurückzuziehen.

Er zieht sie aus dem Gang vor eine kleine Bühne, auf der ein schmächtiger Kerl mit blondem Bürstenschnitt ans Mikrofon tritt, an dessen Jackett eine blaue Kornblume steckt. »Anaïs«, lacht er sie an, »ich habe dich überall gesucht. Es waren plötzlich so viele Menschen da, dass ich dich aus den Augen verloren habe.«

»Wahrscheinlich sind wir die ganze Zeit voreinander weggelaufen«, sagt sie gespielt fröhlich und betrachtet kritisch ihre Handtasche über seiner

Schulter. Er reicht sie ihr. Ihm ist nichts anzumerken. Wahrscheinlich hat er wirklich nicht reingeguckt.

»Leon, es tut mir leid, ich muss zur Arbeit. Vielleicht können wir uns…«, die Worte bleiben ihr im Hals stecken, als der Mann auf der Bühne beginnt zu sprechen.

»Pornografie verherrlicht die Mischung verschiedener Rassen, als wäre nichts Falsches daran. Sie proklamiert abartige Sexualpraktiken, die sonst nur Schwule ausüben«, schimpft er hasserfüllt.

Und da ist das letzte Gesicht von FEGSDA, ihr hässlichstes. Wobei, Gesicht ist das falsche Wort. Arsch trifft es besser, ein verdammt fetter!

»Die Juden haben eine disproportionale Rolle dabei gespielt, dieser entarteten Subkultur zu ihrer Größe in der westlichen Welt zu verhelfen. Warum taten sie das?«, fragt er und lacht abfällig. »Pornografie ist ihre mächtigste Waffe gegen die christlichen Werte des Abendlandes. Die Geister junger Männer sollen verdorben werden, indem man sie frühzeitig von dieser modernen Droge abhängig macht. Die Folge ihrer Sucht ist mentale Kastration. Die extremen Bilder führen dazu, dass Männer nicht mehr in der Lage sind auf normale Weise Erregung zu finden. So wird unsere Rasse zum Aussterben verdammt und die westliche Welt von den Juden in die Knie gezwungen.« Er macht eine dramatische Pause. »Sie, meine Freunde, die Pornografie ist Genozid an der weißen Rasse!«, wütet er.

Anaïs wendet sich von der Bühne ab, ihr Mund steht offen, ihre Lippen formen Stumme Worte. »L-L-Leon«, stammelt sie fassungslos.

Leon tritt zwei Schritte zurück, beschwichtigend hebt er die Hände und guckt verärgert zur Bühne. »Verurteile uns nicht alle, für die Worte einiger Fehlgeleiteter! Dieser Mann dort«, er zeigt auf den Redner, »ist eine bedauernswerte Ausnahme.«

Plötzlich blitzt es. Der Mann mit den goldenen Sneakers steht nur wenige Meter entfernt von Anaïs mit einer Kamera vor seinem Gesicht.

»Was soll das?«, faucht sie und stampft auf ihn zu.

Leon fängt sie mit seinem rechten Arm auf, er zieht sie an sich. »Was ist denn los?«, fragt er verwirrt.

»Der macht Fotos von mir!«, schimpft sie und zeigt dem Typen hinterher, der sich zügig entfernt.

Leon winkt ab. »Aber doch nicht von dir«, beruhigt er sie und macht eine ausholende Geste durch die Halle. »Jeder macht hier Fotos, zur Erinnerung und um sie mit unseren Freunden in den sozialen Netzwerken zu teilen.«

Ja, wahrscheinlich hat er recht und du leidest unter Verfolgungswahn. Anaïs lässt ihre Stirn gegen Leons Brust fallen. »Tut mir leid«, murmelt sie, »das hier ist ein bisschen viel auf einmal.«

Leon legt die Arme um sie. »Das verstehe ich«, sagt er mit Bedauern. »Lass uns gemeinsam essen, heute, nach deiner Arbeit!«

Anaïs springt von ihm weg, als hätte seine Brust zu glühen begonnen. »Ich, ich weiß nicht, wann Schluss ist. Wir machen heute Catering, in einem Privathaus.«

Leon legt den Kopf schief und schaut ihr sanft in die Augen. »Nun, ich könnte für dich kochen.« Sie schaut ihn verdutzt an. »Nicht alle von uns sind Ewiggestrige«, lacht er. »Wie wäre es? Ich erwarte dich in deiner Wohnung, drehe die Heizung für dich auf, bereite dir ein ganz besonders Mahl zu und wir verbringen deinen Feierabend gemeinsam?«

Hat er das gerade wirklich gesagt? Will er den Abend mit dir, bei dir, verbringen?

»Ja, das klingt super«, schwärmt sie, aber bekommt gleichzeitig ein flaues Gefühl im Magen. Der Gedanke, von einem harten Arbeitstag in ihre

Wohnung, ihr Heiligtum, ihr Nest, ihre Oase zurückzukehren und statt Ruhe einen Mann vorzufinden, ist irgendwie schon seltsam.

Weißt du überhaupt noch, wie Sex geht? Kann man wieder zuwachsen? Würde ihm bestimmt gefallen.

***

Anaïs presst ihre Handtasche an die Brust. Ein vergeblicher Versuch, sich vor der nassen Herbstkälte zu schützen, die ihr in der Einkaufsstraße entgegenbläst. Es ist einer dieser tristen Tage, die sich ewig hinter einem grauen Schleier verbergen, ohne dass die Sonne jemals wirklich aufgeht. Sie bleibt stehen, wischt sich die feuchten Haarsträhnen von der Stirn und kramt ihr Handy heraus. Die Augen auf die digitale Stadtkarte gesenkt, dreht sie sich auf der Stelle, um sicherzustellen, dass sie in die richtige Richtung geht.

Äh, sieht gut aus. Nächste Möglichkeit rechts.

Anaïs schaut auf. *Hello Sexy!* Im Schaufenster vor ihr hängt ein schwarzes, spitzenbesetztes Negligé, das kaum etwas der Fantasie überlassen würde, aber gerade noch genug, um nicht billig zu wirken.

Zweifelnd runzelt sie die Stirn.

Auf das Teil würde jeder Mann abfahren, nur ist Leon nicht jeder Mann.

Ihr wird warm bei den Gedanken, was er zu Hause für sie vorbereitet haben könnte. Essen, klar, vielleicht etwas Wein? Was wird er kochen? Bestimmt wird er sie mit Dutzenden Kerzen erwarten. Vielleicht sogar Rosen? *Rosenblüten, die den Weg zum Bett weisen,* denkt sie kichernd und räuspert sich. Zweifel überkommen sie. So schnell, wie sie ihm ihre Wohnungsschlüssel in die Hand gedrückt hatte, hätte sie ihm auch mit gespreizten Beinen ins Gesicht springen können. Aber gut, nicht so schlimm, es war ja seine Idee.

Hast du zu Hause auch nichts Verräterisches rumliegen lassen? Nein, alles Nötige steckt in der Handtasche. Allerdings hättest du nochmal Staubwischen können.

Ein Windstoß schubst Anaïs nach vorne. Im Spiegelbild des Schaufensters neigen sich die Bäume zur Seite, ihre Äste ächzen. Verwelkte Blätter wirbeln über den Asphalt. Anaïs genießt den Duft des nassen Laubes, der feuchten Erde und Steine. Dann erstarrt sie. Irgendwo in der Luft, ganz leicht nur, aber doch wahrzunehmen, hängt der süßliche Gestank von Sandelholz.

Oh Gott! Das ist sein Spiegelbild in der Scheibe. Da steht er, der Mann mit den goldenen Sneakers! Bewegungslos vor den gegenüberliegenden Geschäften, das Gesicht unter einer Kapuze versteckt, starrt er in ihre Richtung. Ein eisiges Schauern, noch kälter als die nasse Kleidung auf der Haut, breitet sich über ihren Körper aus. Der Sauerstoff entweicht aus ihren Lungen. Er kondensiert zu einem dichten Nebel, dessen gräuliche Schwaden ihren Verfolger verschlucken. Als sie sich wieder lichten, ist er verschwunden.

Hab ich mir das jetzt eingebildet? Anaïs wagt es nicht, sich umzudrehen.

Schnellen Schrittes eilt sie an den Läden vorbei. Sie biegt rechts ein, läuft los und rennt, bis die kalte Luft in ihren Lungen sticht und die roten Backsteinhäuser des alten Fabrikgeländes sichtbar werden.

***

»Was ist denn hier los?«, stöhnt Anaïs. Verunsichert schleicht sie über das Kopfsteinpflaster. Mehrere

Mannschaftswagen der Polizei stehen auf dem Gelände, sogar Reporter sind da und filmen eine Gruppe protestierender Menschen.

Anaïs klappt ihren Kragen hoch, sie versteckt den Kopf zwischen den Schultern, damit ihr Gesicht nicht zufällig gefilmt wird. Ein schwarzer Mercedes mit abgedunkelten Scheiben rollt an ihr vorbei. Die Menge wird unruhig, Polizisten versuchen die Leute zurückzudrängen. Einige bekreuzigen sich oder senden schrille Stoßgebete gen Himmel.

Ist sie das etwa?

Der Mercedes bremst, seine Vordertüren fliegen auf, zwei Männer in Anzügen springen heraus. Sie laufen zu den Hintertüren, reißen sie auf, noch zwei steigen aus. Ihnen folgt eine Frau. Wie ein samtiger Theatervorhang umschließen obsidianschwarze Haare die hohen Wangenknochen ihrer weichen Gesichtszüge.

»Adelia«, flüstert Anaïs ehrfurchtsvoll. Die Botschafterin der Freiheit, das It-Girl der Pornografie. Tochter des Staatsoberhaupts eines Landes, das vor vier Jahren unter eine Art radikal traditionelle katholische Diktatur fiel. Finanziell gefördert von Gruppen wie Opus Dei gelangten sie durch Populismus und Wahlbetrug an die Macht und versetzten das Land um mindestens hundert Jahre in die Vergangenheit. Homosexuelle und Juden wurden Opfer öffentlicher Denunzierung und aus ihren Berufen verdrängt. Muslimen verweigerte man die Einreise ins Land. Frauen verloren alle Rechte, die sie sich in den letzten Jahrzehnten erkämpft hatten, wurden nicht mehr eingestellt, sollten zu Hause am Herd bleiben. Gegen Abtreibung erließ man Gesetze, der Zugang zur Pille wurde quasi unmöglich. Wer keine Kopfbedeckung trug, musste mit Beschimpfungen rechnen. Zwangsheiraten entwickelten sich zur Tagesordnung. Und dann riss sich ausgerechnet die Tochter des Staatsoberhauptes während der Sonntagspredigt die Kleidung vom Leib, erklomm nackt den Altar und ritt danach auf einem Schimmel über den Marktplatz, wie eine neuzeitliche Lady Godiva. Wie ein Flächenbrand erfassten die Bilder die sozialen Medien und entzündeten weltweite Feuer der Wut gegen die religiöse Unterdrückung. Viele von Adelias Unterstützern wurden verhaftet. Ihr selbst gelang die Flucht ins freie Europa, wo ihr, nachdem ihr Vater dazu aufrief, sie auf dem Scheiterhaufen zu verbrennen, Asyl gewährt wurde.

Seitdem benutzte sie die Pornografie als Kunstform, um gegen die Zustände in ihrem Heimatland zu protestieren. Gerüchteweise hat ihr Vater dem katholischen Geheimdienst einen Mordauftrag erteilt, nachdem sie in ihrem vorletzten Film im Nonnenkostüm auftrat.

Die vier Bodyguards bilden einen Kreis um ihren Schützling und führen sie an dem wütenden Mob vorbei, den die Polizisten nur mit Mühe zurückhalten können. An der Tür bleibt Adelia stehen. Sie zwängt sich zwischen ihren Bodyguards hindurch, die sie zu stoppen versuchen, doch sie stößt ihre Hände weg und lächelt den Demonstranten abfällig zu.

»An die sogenannten Feministinnen unter euch«, ruft sie, »Pornografie ist meine Entscheidung. Feminismus bedeutet, dass ich als Frau das Recht habe, selbst diese Entscheidung für mich zu treffen, ohne, dass sich andere einmischen dürfen. Sie macht mich zu einer einkommensstarken Frau, die einer kreativen Arbeit unabhängig nachgeht. Diese Arbeit erlaubt mir mein Studium und mein ganzes Leben selbstständig zu finanzieren!«

»Hure«, skandiert ein Sprechchor heller Stimmen.

Adelia schüttelt mitleidig den Kopf. Sie greift in ihren biederen, grauen Mantel. »Und euch Kreuzrittern habe ich folgendes zu sagen.« Sie reißt den Mantel auf, unter dem sie völlig nackt ist.

Schockierte Schreie dringen aus der Menge. Viele wenden ihre Gesichter ab oder halten die Hände schützend vor die Augen, als hätten sie ins gleißende Sonnenlicht geblickt.

Neue Tätowierung, denkt Anaïs und liest sich die Worte auf Adelias Schamhügel halblaut vor. »The Weapon You Fear.«

»Ich und all meine Lippen«, lacht Adelia, »werden auch in Zukunft nach Freiheit schreien!«

Während die Bodyguards sie ins Gebäude zerren, tobt der Mob zwischen Tränengasschwaden. Ein einzelner Mann bricht aus der Menge aus. Er baut sich vor der Fabrikhalle auf und zerrt etwas aus seinem Rucksack. Es ist ein kettenartiger Gegenstand, ein dreireihiges, vielgliedriges Metallband, aus dessen Innenseite spitze Dornen ragen. Er schlingt es um seinen Oberschenkel, wickelt sich die Schnüren an beiden Enden um die Hände und zieht es mit aller Kraft zu. Seine Arme zittern vor Anstrengung, er atmet zischend durch verbissene Zähne. Blutflecken breiten sich, wie Flammen auf Zelluloid, über seiner Jeans aus.

»Warum machen sie das?« fragt eine Reporterin sensationsgierig und hält ihm ihr Mikrofon direkt vors Gesicht.

»Um Gott wieder glücklich zu machen!«, schwärmt er unter Schmerzensträn, erfüllt vom religiösen Delirium.

Anaïs pocht gegen die Tür an der Gebäudeseite. Sie lässt ihre Hand auf dem warmen, rostigen Metall ruhen.

Zum Glück heizen sie da drinnen.

Sie vernimmt Schritte. Die Tür wird geöffnet. Zwei schrankgroße Typen in Bomberjacken, einer mit Glatze, der andere mit schmierigem Pferdeschwanz, mustern sie kritisch.

»Ausweis«, knurrt der Glatzkopf. Sie zeigt ihn ihm, er sucht ihren Namen auf der Liste seines Kollegen und hakt ihn ab. »Arme auseinander«, befiehlt er schroff und tastet sie ab. Pferdeschwanz durchsucht währenddessen Anaïs Handtasche und holt ein Plastikfläschchen heraus.

»Was ist das?«

Anaïs zieht eine Augenbraue hoch. »Gleitgel«, sagt sie schief lächelnd.

»Haben wir vor Ort.«

Sie nimmt ihm die Flasche aus der Hand. »Meine Auftraggeber engagieren mich, weil sie schnelle Ergebnisse in extremen Situationen erwarten. Minderwertige Produkte aus Massenherstellung reichen nicht aus, um verlässliche Ergebnisse zu erzielen.«

Die Männer gucken sie verständnislos an.

Anaïs seufzt. »Ich bin die Fluffer.«

»Ahhhhhh, vom alten Handwerk«, amüsiert er sich. »Aber das bleibt hier.« Er hält ihr Smartphone hoch.

»Wie bitte?«

»Keine Handys am Set, zur Sicherheit.«

Sie zuckt die Schultern. »Okay, kein Problem.«

Gott, ist ja wirklich wie im Agentenfilm hier.

Die Türsteher lassen sie passieren. »Vielleicht kannst du uns deine Handfertigkeiten mal vorführen«, ruft Glatzkopf ihr hinterher.

Sie winkt ab, ohne sich umzudrehen. »Das würde euch nur enttäuschen, ich bin Profi, keine Happy Ends.«

***

Anaïs schiebt einen Löffel Cookie Dough, rohen Keksteig, in ihren Mund und lässt ihn auf ihrer Zunge zergehen. Vanille Kipferl, schmeckt wie damals, als sie die Backschüssel bei ihrer Mutter ausschlecken durfte. Ein Kaffee wäre nett dazu, aber Heißgetränke sind aus Sicherheitsgründen ebenfalls verboten. Ansonsten aber ist das Buffet für einen Pornodreh wirklich außergewöhnlich vielfältig. Diverse Sandwiches, Kurkuma-Spaghetti mit rohem Grünkohl, Algen auf schwarzem Venere-Risotto und ein Haufen Dinge, die sie nicht einordnen kann.

Zu schade für Adelia, dass sie nichts davon haben darf. Das Securityteam befürchtet, man könne sie vergiften. Deshalb bringen sie eigenes Wasser und Essen mit.

Draußen gewinnt der Sturm an Kraft. Regen peitscht gegen die Fenster, das Gebäude stöhnt und ächzt, als wäre es ein lebendiges Wesen. Durch jeden Spalt dringt der Wind ins Innere. Doch selbst der kann gegen diesen Geruch nichts ausrichten. Vor dem Shoot riecht jedes Set klinisch rein, so ähnlich wie eine Arztpraxis. Wenige Minuten nach Drehbeginn jedoch verbreitet sich dieser pheromongeschwängerte Duft, die Luft wird schwül und feucht, erfüllt vom Geruch nach Schweiß und Sex.

Das ist auch heute nicht anders, außer, dass da noch der Odor frisch gesägten Holzes und Kalk im Hintergrund schwebt. Es kommt von der spektakulären Kirchenkulisse, die aufgebaut wurde.

Eine gräuliche, mit Ornamenten verzierte Wand, ein riesiger Pappmaschee-Jesus am Kreuz zwischen Orgelpfeifen und ein Altar, auf dem Adelia gerade die gefühlt hundertste Einstellung der Szene dreht.

Anaïs bleibt der letzte Löffel Cookie Dough im Hals stecken, sie keucht.

Sandelholz, schon wieder Sandelholz!

Sie mustert all die Mitarbeiter, die durch die Halle wuseln. Ein Scheinwerfer blendet sie. Sind das goldene Sneakers hinter dem Stativ? Nein, das kann nicht sein. Der Typ hat es auf keinen Fall hier rein geschafft. Alle Mitarbeiter wurden vor Monaten auf Empfehlung ausgewählt und Adelias Sicherheitsteam hatte jeden genau durchleuchtet.

Anaïs schaut sich nach den Bodyguards um, die sich am Rande der Kulisse positioniert haben und wie tollwütige Dobermänner wirken, die zu jeder Sekunde bereit sind, jede potenzielle Gefahr zu zerfleischen. Ganz genau verfolgen sie jede Bewegung der Kamerafrau Aurora und des jungen Mädchens mit dem Pussy Light, die um das kopulierende Pärchen herumturnt und ihre Geschlechtsteile ausleuchtet. Wenn Anaïs es nicht besser wüsste, würde sie sagen, die Kleine mit ihrer Stupsnase zwischen den wilden braunen Locken ist minderjährig, aber das kann nicht sein. Wobei, vor Drehbeginn hat sie ein Harry Potter Buch gelesen.

Wie dem auch sei, den Bodyguards wäre kein unbekanntes Gesicht entgangen, so vorsichtig wie sie sind. Immerhin darf sich außer den beiden Mädchen da vorne, der Regisseurin und ihrem Partner keiner auf mehr als fünf Meter Adelia nähern.

»Pause!«, ruft Adelia. Ihr schweißgebadeter Partner steigt von ihr runter. Sie steht auf, macht ein paar Dehnübungen und unterhält sich lachend mit der Regisseurin Anaira.

Anaïs läuft ein paar Schritte, um sicherzugehen, dass der Darsteller keine Hilfe braucht. *Nein, alles aufrecht.* Elias ist sein Name, es geht das Gerücht um, dass sein Ding nicht kleinzukriegen sei und quasi auf Kommando Männchen mache.

Sieht aus, als würdest du heute nichts zu tun kriegen. Mit dem Gedanken an Leon wäre das auch gut so. Sie wird den Job aufgeben müssen, wenn es ernster mit ihnen wird. Keinem gläubigen Mann würde es gefallen, wenn seine zukünftige Frau extra Geld damit verdient, die Erektionen fremder Männer in den Drehpausen aufrecht zu erhalten. Die Arbeit ist eh nicht mehr das, was sie vor zwanzig Jahren war.

Damals bekam man viele Jobs und guten Stundenlohn. Dann wurde die Branche, von Modernisierungen umgekrempelt. Zuerst kamen lieblose Viagra Generika, die weniger kosteten, als sie die Stunde verdient hätte. Also fiel der Lohn und Fluffer rechneten sich nur noch bei Gangbang-Produktionen. Als der Mindestlohn eingeführt wurde, war man dann plötzlich die einzige Fluffer am Drehort, verantwortlich für bis zu drei Dutzend Männer. Harte Arbeit, ist für so eine Tortur kein Ausdruck. Nach dem letzten Mal musste sie sich zwei Wochen bei ihrem Kellnerinnen-Job krankschreiben lassen. Zerrungen im Bizeps und Trizeps. Der Job hier ist der beste seit Jahren, über zwanzig Euro die Stunde und nur ein potenzieller Mann. Ainara sei Dank, die dreht nicht mit Potenzmitteln, weil die

Darsteller davon hochrote Köpfe und verstopfte Nasen kriegen. Trotzdem wird es ihr letzter sein.

Leon würde es nie verstehen, niemand tut das. Dabei gibt es viele Berufe, bei denen man seine Kunden berührt. Außerdem war jeder in seinem Leben schon mal ein Fluffer, vielleicht nicht körperlich, aber zumindest emotional. Der Inhalt des Jobs ist es, andere auf einen Akt vorzubereiten, ohne selbst daran teilnehmen zu dürfen. Letztendlich, die Geschichte von Anaïs Lebens. Sei es ihr Vater, den sie für seine zweite Familie mit den drei Kindern vorbereitete, oder all die Lebensabschnittspartner, die nach ihr die perfekte Frau fanden. Kinder hat sie zwar nicht, aber ist nicht jede Mutter irgendwie ein Fluffer? Sie geben sich Mühe, ihre Bälger für die Welt bereit zu machen, und werden dann stehengelassen, ohne an dem ganzen Spaß teilhaben zu dürfen.

Nachdenklich schlendert Anaïs zu einem Fenster. Sie reibt ihre Nase in der Hoffnung, endlich diesen penetranten Geruch loszuwerden. Ihr Blick schweift über die Menschen auf dem Hof. Erleichtert stellt sie fest, dass niemand goldene Sneakers trägt. Irgendwie hatte sie damit gerechnet, den unheimlichen Typen zu sehen. Mittlerweile haben sich Gegendemonstrantinnen eingefunden. Alles Frauen mit entblößten Oberkörpern und mit dem über die Brüste geschriebenen Wort »Zensur«. Die Lippen bereits blau angelaufen, knien sie zitternd über den Köpfen anderer, liegender Demonstrantinnen. Regen stürzt auf sie nieder und wäscht die Buchstaben weg. Schwarze Schlieren fließen in die Gesichter der unten liegenden Frauen, deren Atem zwischen den Beinen der knienden kondensiert, als würden sie auf kleinen Dampfmaschinen sitzen.

Waterboarding für die Freiheit.

Einige der Fundamentalisten knien mit gefalteten Händen auf dem Kopfsteinpflaster und beten still vor sich hin. Andere flehen ihren Herren mit ausgebreiteten Armen lauthals um Vergebung an. Einzelne peitschen sich manisch die mit Kugeln besetzten Lederstriemen von Geißeln über die Schultern auf ihre Rücken, wo Stoff von Hautfetzen nicht mehr zu unterscheiden ist. Das Kopfsteinpflaster unter ihnen ist bereits von hellroten Rinnsalen durchzogen, die sich zu blutigen Flüssen vereinen und in die Kanalisation stürzen.

So viele Märtyrer auf beiden Seiten.

Grelles Licht blitzt im Fensterglas vor Anaïs auf. Es ist, als drücke ihr jemand seine Daumen auf die Augen. Sie schließt ihre Lider. Der Kegel des Scheinwerfers streift ihren Rücken und fühlt sich wie ein warmer Hauch im Nacken an. Sie stellt sich vor, Leon stehe hinter ihr, die Arme um sie gelegt, während er langsam und ruhig in ihr Genick atmet.

»Action«, reißt Ainaras Stimme sie aus ihren Träumen. Sie schlägt die Augen auf. Für einen winzig kleinen Augenblick hält sie die geisterhafte Silhouette für eine Wahnvorstellung. Dann begreift sie, dass es eine Reflexion ist, sein Spiegelbild, der Mann mit den goldenen Sneakers.

Wie ist er hier reingekommen? Warum verfolgt er mich? Vielleicht macht er das gar nicht! Du paranoide Kuh, selbstverständlich hast du dir das nur eingeredet. Er arbeitet hier. Ansonsten wäre er nicht ins Gebäude gelangt, oder? Ihr hattet einfach nur denselben Weg. Aber, was hat er dann bei der FEGSDA Veranstaltung gemacht?

Vorsichtig, langsam, dreht sie sich zur Seite, um ihn nicht mit einer hektischen Bewegung aufzuschrecken. Am besten, er bemerkt nicht, dass sie ihn gesehen hat.

Vor ihr drehen Adelia und Elias die nächste Einstellung. Meistens erinnern die Darsteller an

Karnickel auf Koks, die beiden aber wirken wie ein echtes Liebespaar. Elias hockt im Schneidersitz auf dem Altar, Adelia, das Gesicht zu ihm gewandt, auf seinem Schoß. Ihre schweißnassen Körper verschmelzen ineinander, sie bilden ein einziges Wesen der Leidenschaft. Ein leises Klimpern ist zu hören, ganz zart, wie das kleinste Glöckchen, das man sich vorstellen kann. Es sind die Anhänger ihrer Halsketten, die aneinanderschlagen. Sie trägt das christliche Kreuz, er den Davidstern. Eine unermessliche Provokation der religiösen Hardliner soll dieser Porno werden, eine christliche Julia, ein jüdischer Romeo.

Anaïs wagt es nicht, ihm den Kopf zuzuwenden. Stattdessen rollt sie die Augen zur Seite, so weit, bis fast nur noch das Weiße zu sehen ist, so weit, dass es schmerzt. Da steht er, bewegungslos, versteckt hinter dem blendenden Licht des Scheinwerfers. Zum ersten Mal erkennt sie sein Gesicht unter dem hellblonden, fast schon weißen Haar, das mit einem strengen Scheitel seitwärts gegelt ist. Seine Züge wirken hart, emotionslos. Die stechenden Augen, schwarze Strudel in einem eisig blauen See, wandern durch den Raum, bleiben auf jedem Anwesenden für einige

Sekunden hängen, bevor sie zum nächsten huschen. Ein Raubtier, das seine Beute aus dem Dickicht des Urwalds belauert.

Als hätte er ihre Blicke bemerkt, bewegt er sich auf die andere Seite des Scheinwerfers. Er verharrt, wartet, bis keiner ihn beachtet, und schleicht los.

Gebannt verfolgt Anaïs jeden seiner Schritte. Sie versucht Augenkontakt zu einem der Bodyguards herzustellen, um sie auf den seltsamen Typen aufmerksam zu machen. Ist sie die Einzige, der er komisch vorkommt? Alle anderen stehen abwesend herum und erwecken bei ihr den Eindruck, als würden sie gleich einschlafen, oder stopfen sich gelangweilt Sandwiches in ihre Münder. Sie könnte etwas sagen, darum bitten, ihn zu kontrollieren. Aber wie würde sie dastehen, wenn er einfach nur ein normaler Mitarbeiter ist?

Einer der Bodyguards wendet sich dem offenen Raum zu. Der Mann mit den goldenen Sneakers bleibt stehen, greift völlig natürlich nach einem Pappteller und schaufelt blind Venere-Risotto drauf.

Er hat nicht mal geguckt, welches Essen er nimmt, zweifelt Anaïs.

Der Brei auf seinem Teller wächst zu einem Berg, eine kleine Reislawine bricht ab und kleckert auf den Tisch. Er bemerkt es nicht, schielt die ganze Zeit zu den Sicherheitsleuten.

Der Bodyguard wendet sich ab, der Typ lässt den Löffel gleichgültig fallen und geht weiter nach vorne, ohne seinem Teller weiter Beachtung zu schenken. Am Ende des Tisches hält er an, atmet tief durch, blickt hastig nach links und rechts. Wie eine Giftschlange schießt seine Hand hervor. Er greift eine Plastikflasche vom Buffet und springt auf den Altar zu.

Ein krächzender Schrei erstickt in Anaïs Hals. Alles spielt sich vor ihr ab, wie die Zeitlupenwiederholung eines spektakulären Takles beim American Football. Der Typ schafft es gerade Mal einen Meter in die Endzone vor Adelia. Ein Bodyguard schießt pfeilartig auf ihn zu und rammt ihm die Schultern in seine Körpermitte. Der Aufprall hebt beide von den Füßen. Gemeinsam rotieren sie durch die Luft. Die Flasche fliegt weg, wirbelt um ihre eigene Achse auf den Altar zu. Beide Männer krachen auf den Boden. Die Flasche trifft Elias Hinterkopf, zerbirst und bespritzt das Paar mit süßlichem Kokoswasser.

Elias springt auf. »Was soll die Scheiße?«, brüllt er den kreischenden Mann mit den goldenen Sneakers an, auf dem mittlerweile drei Bodyguards sitzen und dessen Arme auf den Rücken biegen.

»Hure! Hure! Auf dem Scheiterhaufen sollst du brennen! Und mit dir dieser ewige Feind Jesu!«

Adelia setzt sich hin, sie rollt die Augen und lässt ihre Beine über den Altar baumeln. »Entfernt den Kreuzritter doch bitte aus meiner Aura.«

Die Bodyguards reißen ihn auf die Beine, er gibt ein schmerzerfülltes Jaulen von sich.

»Übergebt ihn nicht der Polizei!«, mahnt Adelia. »Einfach vor die Tür mit ihm! Macht ihn nicht zum Märtyrer, die Aufmerksamkeit hat er nicht verdient.«

»Wie hat es so einer hier reingeschafft? Ich dachte, jeder Mitarbeiter hatte einen Hintergrundcheck?«, ruft Aurora den Bodyguards hinterher, während sie den zappelnden Typen nach draußen schleifen.

»Es gibt keine absolute Sicherheit«, seufzt Adelia. »Die Hälfte dieser Leute radikalisiert sich, während ihre Umwelt nichts mitkriegt.« Sie legt sich wieder auf den Altar. »Wir achten bei den Checks auf Konfessionslosigkeit, aber die Leute nehmen an irgendwelchen Messen in Wohnzimmer teil und werden unter laufenden Wasserhähnen in der Küche getauft.« Sie winkelt die Beine an und spreizt sie. »Weiter geht's, Elias, eine Einstellung noch. Elias?«

Wo ist er? Anaïs sucht das Set ab, sie entdeckt ihn in einer Ecke. Wütend gestikulierend steht er da, den Kopf nach unten gebeugt, wie ein Mann, der einen Hund ausschimpft. Seine Bewegungen werden immer aggressiver, die Stimme lauter. »Steh, du blödes Ding!«, schreit er das schlaffe Stück Fleisch zwischen seinen Beinen an.

Ainara läuft zu ihm rüber und beäugt kritisch seinen Schritt, als würde sie Kratzer im Lack eines Neuwagens begutachten. Sie geht auf die Knie, runzelt ihre Stirn und schüttelt den Kopf. Aurora tritt neben sie. Ainara flüstert ihr etwas zu und macht dabei eine hoch und runter Bewegung mit der Hand.

»Fluffer!«, ruft Aurora.

***

Anaïs streift ihre Nitrilhandschuhe über und ballt knarzend die Fäuste. Sie gießt reichlich Gleitmittel in ihre linke Handfläche und verreibt die ölige Flüssigkeit zwischen den Fingern. Eine großzügige

Menge ist wichtig, genauso wie die Qualität. Es muss auf Wasserbasis sein, um eventuellen allergischen Reaktionen vorzubeugen. Der wärmende Effekt ist ebenfalls nicht zu vernachlässigen. Alles dehnt sich bei Hitze aus, der Körper wird entspannt. Denn genau hier liegt das Problem, ein gestresster Penis ist ein versagender Penis. Nicht anders, als bei den Typen, die an ihnen hängen.

Sie legt eine Hand auf Elias Bauch und streichelt ihn mit kreisrunden Bewegungen. Mit der anderen greift sie zart zwischen seine Beine. Eine Fluffer mit Niveau beginnt nie mit dem besten Stück. Erst muss Vertrauen aufgebaut werden.

Die Spannung weicht aus Elias Körper. *Guter Junge, los geht's.*

Sie nimmt den Problemfall zwischen die Handflächen und bewegt ihn wie einen Scheibenwischer hin und her, bis eine erste Reaktion zu bemerken ist. Man sollte meinen, er wäre einsatzbereit. Die Wahrheit aber ist, dass dies ein fragiler Moment ist, in dem alles in sich zusammenfallen kann. Sie platziert ihren Daumen unter der Spitze und lässt ihn kreisen. Elias Körper erzittert. *Gleich bist du soweit.*

Wieder nimmt sie das Problem zwischen die Handflächen, reibt es, als würde sie Feuer mit einem Holzstock erzeugen wollen. Das stupide Rauf und Runter-Spiel ist etwas für pubertierende Mädchen, die ihren Dank für die Einladung ins Kino ausdrücken wollen. Jetzt gilt es den richtigen Augenblick zu erspüren. Eine leichte Anspannung, zuckt er, kann es schon zu spät sein. Hat man kein Gefühl dafür, verpasst man die Anzeichen, kann man den ganzen Dreh ruinieren. Es gibt nichts Schlimmeres als einen Orgasmus, danach ist der Kunde nicht mehr einsatzbereit und selbst, wenn doch, muss ein Ersatz für den Money Shot gefunden werden. Im günstigsten Fall wird man nur angeschrien, im schlimmsten ohne Bezahlung rausgeschmissen.

Anaïs reißt ihre Hände weg, als hätte sie einen glühenden Eisenstab berührt. »Er ist bereit!«

Ein aufrechter, bebender Liebeskrieger, gerüstet für die finale Schlacht.

»Du solltest als Wunderheiler bei den Messen dieser Fanatiker da draußen auftreten. Würde sie vielleicht entspannen«, sagt Adelia. Sie hüpft auf den Altar, fast glitscht sie auf dem See aus Gleitmittel und Kokoswasser wieder herunter.

»Die Ministranten würden es dir auch danken«, kichert Aurora.

»Oh Leute«, zweifelt Adelia, »wenn Elias zustößt, schieß ich über den Rand.« Sie lächelt Anaïs an und streckt ihr die Hand entgegen. »Hey Fluffer, erweise mir die Ehre und halte mich während der letzten Einstellung!«

Anaïs schaut sich nervös um, die Bodyguards mustern sie kritisch, aber nicken ihr widerwillig zu. Mit einem klatschenden Geräusch streift sie ihre Handschuhe ab, wirft sie neben die Kokoswasserflaschen und schreitet auf den Altar zu.

***

Anaïs schließt die Augen, spürt Adelias Schweiß in ihrer Handfläche, Fingernägel, die in ihre Haut stechen. Jeder von Elias Stößen erfasst auch ihren Körper. Es ist, als wären die drei vereint, als würde die rohe Leidenschaft von Körper zu Körper strömen. Sie kann nicht anders, als an Leon zu denken, an ihre erste gemeinsame Nacht, was geschehen würde.

Ein gurgelndes Röcheln Leons schreckt sie auf. Sein Schweiß regnet auf Adelias zitternden Körper nieder. Sie schnappt gierig nach Luft, ähnlich einem erstickenden Fisch auf dem Trockenen, ihre Lider flattern, die stecknadelgroßen Pupillen zucken ziellos umher. Etwas tropft auf ihr Gesicht, läuft an der Wange herab, ein weißer Schaum. Noch ein Tropfen, direkt auf das Kreuz um ihren Hals. Anaïs starrt Elias an. Tränen laufen über seine Wangen, klare Flüssigkeit aus der Nase. Speichel schäumt ihm aus dem Mund, steht wie Gischt auf einem Wellenberg über seinen Lippen. Sein glänzender Körper schneeweiß im Licht der Scheinwerfer, jede Sehne, jeder Muskel zum Zerreißen gespannt. Er erstarrt, kollabiert auf Adelia, die von heftigen Krämpfen geschüttelt wird. Ihre Augen rollen in den Schädel zurück, der Kopf fällt leblos zur Seite, zähe Speichelfäden ziehen sich von ihrem Mundwinkel bis auf den Altar.

Anaïs kreischt hysterisch los. Zwei der Bodyguards springen zu ihr. Einer reißt an ihren Schultern, der andere schlägt auf ihre Hand ein, welche noch immer die von Adelia umschließt. Die erstarrten Finger schälen ihr die Haut vom Fleisch. Anaïs fliegt zurück, der Boden rast auf ihr Gesicht zu, gerade rechtzeitig gelingt es ihr, den Sturz mit dem Ellbogen abzubremsen. Sie kriecht fort, einfach nur weg von diesem Albtraum, hin zum Buffettisch und hangelt sich hoch. Hinter ihr herrscht pures Chaos. Stimmen brüllen durcheinander und überschlagen sich.

»Was ist passiert?«

»Gift! Das ist ein Giftanschlag! VX!«

»Aber sie haben nicht das Gleiche gegessen oder getrunken.«

»Weg von ihnen! Keiner fasst sie an, es wurde über die Haut übertragen!«

»Das Kokoswasser! Das verdammte Kokoswasser!«

»Aber davon hab ich auch getrunken!«

Und ich auch, erinnert sich Anaïs.

Es war nicht vergiftet, der Typ hatte blind in die Flaschen gegriffen. Alles, was er mit seiner dummen Aktion erreicht hatte, war die Leute zu erschrecken. Und Elias die Erektion zu versauen. Sie keucht leise, reißt schockiert die Augen auf. Die Handschuhe liegen vor ihr, Gleitmittel läuft dickflüssig unter ihnen heraus.

Normal sieht es wässriger aus, ölig ja, aber nicht so sehr. Oh mein Gott!

Wenn man ganz genau hinsieht, ist ein Gelbstich zu erkennen, nur ganz leicht, aber doch sichtbar.

Aber wie? Es war die ganze Zeit in ihrer Handtasche! Nur Leon ... Leon! Aber das kann nicht wahr sein!

»Die Fluffer! Wo ist die Fluffer!«, grölt jemand hinter ihr.

Anaïs stößt sich taumelnd vom Tisch ab, sie wankt auf den Ausgang zu. *Es kann nicht sein!*

»Haltet sie auf!«

Ihre Schritte werden schneller, sie stolpert vorwärts. Die Türsteher versperren ihr den Weg, Anaïs wirft sich zwischen ihnen hindurch, fällt auf die Knie und krabbelt auf die Box zu, in der die Smartphones aufbewahrt werden. *Ich muss ihn anrufen!* Sie reißt sie runter, die Handys scheppern auf den Boden, schlittern in alle Richtungen. Panisch schubst Anaïs eins nach dem anderen aus dem Weg, bis sie ihres gefunden hat. Sie presst ihren Daumen auf den Home Button.

1543 Personen gefällt ein Beitrag, in dem du markiert bist, liest sie eine Nachricht durch das spinnennetzartige Bruchmuster auf dem Display. Anaïs tippt sie an. Ein

Post von FEGSDA, Fotos, Dutzende Bilder von der Veranstaltung auf denen auch sie zu sehen ist.

31 Personen haben auf dein Foto reagiert.

Irgendjemand springt ihr in den Rücken. Er drückt sie zu Boden, presst sein Knie in ihr Kreuz und verdreht ihren linken Arm. Mit dem Daumen klickt sie auf die zweite Nachricht. Ein Bild erscheint, es ist ihr eigenes Wohnzimmer, aber nicht, wie sie es heute Morgen verlassen hat. Das große Kruzifix hing nicht an der Wand. Dieser zylinderförmige Kanister auf dem Schreibtisch, direkt neben dem Notebook, auf dem ihr Facebookprofil aufgerufen ist, war ebenfalls nicht da. Ganz bestimmt auch die Gasmaske nicht.

Und ich habe immer gesagt, als Single bin ich glücklicher. Arschloch!

MIRCO ADAM

ENTGEISTERT

Vielen Dank an Clem und Herb für den regen Gedankenaustausch, sowie eure Ideen, Tatkraft und Zuspruch. Und an Caro für deine Tipps.

Vielen Dank an Jessi, Max und Paul, für eure Unterstützung.

Tom konnte im ersten Moment nicht begreifen, was Kay ihm mit der ungewöhnlichen Kurznachricht mitteilen wollte. Warum benachrichtigte Kay ihn auf diesem Wege? Warum war die sonst so vorlaute KI des Busses heute so schweigsam?

Kay hatte - soweit sich Tom erinnern konnte - niemals auf diese Art mit ihm kommuniziert. Das Messagingformat war schon sehr alt und wurde nur noch selten verwendet. Im Gegensatz zu den Maschinen, verwendeten Menschen untereinander modernere, multimediale Formate.

»Tom. Bitte hilf mir!« Mit sachlicher Klarheit standen die Zeichen auf dem Display seines Telefons. Es war, als erwarteten Kays Worte eine Antwort von ihm.

Nachdenklich lenkte Tom den Bus auf die Bundesstraße nach Norden. Dann sprach er zu seinem Smartphone: »MoOSE, antworte auf die Nachricht: *Kay. Was ist los? Wie kann ich helfen? -* Senden!«

Das Gerät reagierte mit einem Pling und sandte die Nachricht als Antwort an Kay.

Nervös nagte Tom an seiner Unterlippe, während er den Bus über die gut ausgebaute Bundesstraße lenkte. Es fühlte sich an wie eine Ewigkeit, bis die Rückmeldung eintraf.

»Der Geist ist in mir. Tom, ich habe keinen Zugriff auf die meisten meiner Schnittstellen. Er hat mich einfach aus dem Server im Bus verdrängt. Ich melde mich aus dem Rechnerverbund der Bibliothek zu Hause und bin dort in meinem MemCore gefangen. Tom, du musst den ›Konstrukteur‹ aufsuchen! Er weiß, was zu tun ist. Wir müssen herausfinden, wie wir diesen Geist loswerden.«

»Den ›Konstrukteur‹? Kay! Das ist doch nur ein Netzmythos.« Toms instinktiver Zweifel an der Existenz des Konstrukteurs wurde von dem Wissen verdrängt, dass Kay in der Vergangenheit immer richtig lag. Sie würde ihn nicht mit Albernheiten aufhalten, also setzte er hinzu: »Wo finde ich den ›Konstrukteur‹?«

»Kein Mythos, Tom. Auf den ›Konstrukteur‹ gehen alle aktuellen KI-Codes zurück. Er wird dir helfen. Aber du musst den Server im Bus herunterfahren. Sie … der Geist … ich will vermeiden, dass er ins Netz übergeht. Er darf vor allem keinen Zugang auf unsere Bibliothek erhalten. Wenn er unsere Cloud übernimmt, dann bin ich vielleicht verloren. Schalte gleich die ganze die Bibliothek ab, wenn du zu Hause eintriffst. Nimm mich vom Netz, um mich zu retten. Und dann entferne den MemCore aus der Bibliothek, nimm ihn, verpacke ihn in seinen Transportkoffer und fahre mit dem Bus zum ›Konstrukteur‹!« Nach kurzer Pause folgte eine weitere SMS. »Tom! Hilf mir! Beeil dich!«

Tom schaltete den Bus in den autonomen Fahrmodus und ging nach hinten. Unter einer Bodenklappe befand sich der Sicherheitsschalter für Kays System. Sie wurde mit einem mechanischen Schloss gesichert und verbarg einen ebenfalls mechanisch zu bedienenden Schalter, der die Datenleitungen zu sämtlichen Schnittstellen unterbrach und einen Notfall-Shutdown einleitete, ähnlich wie bei einem Stromausfall. Nur Sekunden später verstummte das Klimasystem, welches Kays Hardware kühlte und die KI war offline. Die Ruhe des Serverraums war bedrückend. Lediglich das Sirren des Antriebs und das Abrollgeräusch der Reifen drangen an Toms Ohren. Langsam schloss er die Klappe, verriegelte das Schloss und stand auf. Einen Moment verharrte er regungslos, ihn beschlich ein irrationales Gefühl. Ihm war, als hätte er einen Freund verloren. Tom riss sich zusammen und ging zurück zum Fahrersitz, um wieder das Steuer zu übernehmen.

Zurück zu Hause parkte Tom den Bus auf der Straße und betrat das Lagerhaus, in welchem sich seine Wohnung, sein Büro und auch die große Werkstattgarage befanden.

›Thomas H. Jensen - Privatdetektiv‹ stand auf dem schnörkellosen Türschild des Eingangs.

Tom betrat das unscheinbare Gebäude und begann damit einige Sachen für die bevorstehende Aufgabe zusammenzupacken. Da er davon ausging, einige Tage unterwegs zu sein, verstaute er Wechselkleidung, Hygienepack und Powerbank in seinem Rucksack. Anschließend ging er hinunter in den Keller. Neben der Stahltür zur Garage führte eine Treppe in die Tiefe. Die Beleuchtung schaltete sich automatisch ein und tauchte die kahlen Betonwände in gleichmäßiges helles Licht, das keinen Schatten duldete. Es wurde mit jedem Schritt wärmer und das Flüstern einer Klimaanlage erhob sich zu einem deutlich vernehmbaren Rauschen.

Hier unten war Kays Bereich. Tom verirrte sich höchstens einmal zum Weinkeller, in dem er für gewöhnlich nur wenig Wein, dafür viel Whisky und eine ganze Reihe persönlicher Gegenstände in großen Kisten verwahrte. An einer schweren Stahltür öffnete Tom die zweifache Verriegelung erst mit seinem Handabdruck auf dem entsprechenden Scanner neben der Tür und anschließend mittels Retinascan, in dem er in die kuppelförmige Kameralinse schaute, die sich in Augenhöhe über dem Scanner befand. Die beiden feuerfesten Türflügel schwangen lautlos nach innen und gaben den Blick auf einen nahezu dunklen Raum frei, in dem winzige LEDs blinkten und leuchteten. Automatisch wurde das Licht allmählich und stufenlos heller. Tom konnte mehrere lange Reihen Stahlschränke ausmachen, hinter deren

Glastüren zahlreiche Server in ihren Racks liefen. Die Bibliothek. Kays Gedächtnis.

Schalte gleich die ganze Bibliothek ab, wenn du zu Hause eintriffst, hatte Kay ihn instruiert. Tom machte sich ans Werk. Binnen weniger Minuten hatte er sich an einer der Konsolen angemeldet und die Shutdown-Sequenz eingeleitet. Die Server fuhren nacheinander herunter, kamen zur Ruhe und schalteten ihre Lüfter aus. Am Ende der Abschaltung hatte sich eine lähmende Stille in der unterirdischen Halle ausgebreitet. Minutenlang vermochte Tom sich nicht zu bewegen. Für ihn fühlte es sich so an, als sei alles Leben aus der omnipräsenten Kay gewichen. Und er hatte den Knopf gedrückt – wie bei einer aktiven Sterbehilfe. In Tom breitete sich das kalte Gefühl eines schweren Verlustes aus.

Mit einem Mal erschrak Tom. Und er erinnerte sich: »Der MemCore!« Er musste geborgen werden. Tom fiel Kays Notfalldokumentation ein und holte diese zusammen mit dem Transportkoffer für den MemCore aus einem Panzerschrank.

Sorgfältig prägte er sich die Prozedur ein, wie der MemCore aus der Bibliothek ausgekoppelt wurde. Diese Speichereinheit war das Herz der KI oder besser ihr zentrales Gehirn. Im MemCore war sowohl ihr KI-Code, als auch ihre Persönlichkeitsstruktur fest hinterlegt. Tom musste sicherstellen, dass bei diesem Vorgang nichts schiefging. Der MemCore war in einem massiven Serverblock in der Mitte der Halle eingebettet. Er musste einige Gänge zwischen den Servern durchschreiten, um ihn zu erreichen, bevor er sorgfältig mit der Arbeit begann. Einige Zeit später sah es in dem Serverraum aus, als hätte sich ein Trupp Pioniere durch einen Dschungel aus dicken Stromkabeln und filigranen Datenleitungen gebahnt. Auf den ersten Blick war kaum zu erkennen, dass jedes Bauteil, jede Steckverbindung und jede Abdeckung, die Tom entfernt hatte, nach einem genauen Plan abgelegt wurden. Er benötigte dennoch einige Stunden, bevor er endlich den etwa handbreiten Hologrammwürfel aus seiner Halterung hob und vorsichtig in eine Aussparung des gepolsterten Koffers einsetzte. Er verschloss ihn und der Behälter quittierte den Vorgang mit einem Ansauggeräusch und einem kurzen Signalton. Kay war zum Transport bereit.

Jetzt, da Kay offline und der MemCore geborgen waren, bestand für sie keine unmittelbare Gefahr mehr. Tom war erschöpft und beschloss, am nächsten Tag nach dem Aufenthaltsort des ›Konstrukteurs‹ zu suchen. Eine Dusche und etwas Schlaf vor einer Reise ins Ungewisse konnten daher nicht schaden. Er legte noch seine Reise- und Kays Zulassungsdokumente in den Rucksack und stellte diesen neben der Eingangstür ab. Bei einem Rundgang überzeugte er sich, dass alle Zugänge und Tore verschlossen waren bevor er in einen unruhigen Schlaf fiel.

Der nächste Morgen zeigte sich in bester Novemberlaune. Sturmböen, peitschender Regen und Temperaturen nur wenig über dem Gefrierpunkt begleiteten dunkle Wolkenberge, die über die Dächer der Stadt hinwegrollten. Tom verzichtete auf ein Frühstück und hatte sich überlegt, alle Recherchen unterwegs durchzuführen. Aus Kays Zulassungsdokumenten wusste er, dass sich ihre Geburtsschmiede in Hamburg befand. Dort lag sein erstes Etappenziel.

Er verschloss seine Tür und stapfte mit Rucksack und Spezialkoffer bepackt zu seinem Wohnmobil hinüber. Die schwarze Karosserie des ehemaligen Tourbusses blendete sich vortrefflich in die

Wetterfront ein. Er stand unerschütterlich auf den sechs großen Radwalzen unter den im steifen Wind ächzenden Eichen am Straßenrand. Tom verstaute die Sachen und stieg ein. Stille begrüßte ihn anstelle von Marlene Dietrich im Reisekostüm oder dem Detektivduo Holmes und Watson, die Kay so gern verkörperte. Diese Avatare oder Geister seiner KI trugen erheblich zu deren Persönlichkeit bei und Tom hatte sich sehr daran gewöhnt, von Kays Geistern umgeben zu sein. Er vermisste sie.

Tom startete den Bus und fuhr los.

Die Strecke nach Hamburg verlief größtenteils über die Autobahn 7. Auf ihren sechs Fahrstreifen konnte der Bus autonom fahren und Tom sich etwas Zeit für die Recherchen nehmen. Er machte es sich hinten in der geräumigen Sitzgruppe der Dinette mit einer Tasse dampfenden Kaffees gemütlich. und legte die blaue Notfallmappe auf dem Tisch bereit. Mit dem Laptop vor sich und dem Tablet in der Hand begann er zu recherchieren, wo er ›Konstrukteur‹ finden könnte. Zwischendurch blickte er einmal tief in Gedanken aus dem Fenster, als gerade ein Magnetzug auf der aufgeständerten Strecke zwischen den

Richtungsfahrbahnen mit hoher Geschwindigkeit den Bus passierte.

Tom vertiefte seine Recherchen zum ›Konstrukteur‹. Was folgte, waren zahllose technische und organisatorische Details über die KI und seitenweise Funktionsparameter, Definitionen und Beschreibungen zum Einsatzzweck von Kay. Zwischen zwei Platinen-Blaupausen fand er einen Folienausdruck mit einem komplizierten geometrischen Muster. Es war offenbar von einem anderen Stück abgetrennt worden und wies an der entsprechenden Seite eine unregelmäßige schräge Abrisskante auf. Er betrachtete das Muster kurz, doch es sagte ihm nichts, daher legte er es an seinen Platz zurück. Er las weiter, über das Initialtraining der KI und über die Einzelheiten der Architektur und Kodierung; Tom stieß sogar auf eine Liste der Patentinhaber und Urheber, die in ihrem Umfang das Kontaktverzeichnis einer Kleinstadt übertraf. Hier stach ihm ein, in unterschiedlichen Zusammenhängen, häufig gelisteter Name ins Auge: Professor Gustav Brenkenhoff.

Der Name war im nicht geläufig. Bei seinen weiteren Nachforschungen stieß er jedoch auf eine ganze Reihe Publikationen und Videos, die sich mit dem Leben und Schaffen von Brenkenhoff beschäftigten. Tom verfolgte instinktiv mehrere Spuren gleichzeitig, weil er darauf trainiert war, auf wiederkehrende Muster und Schlüsselbegriffe zu reagieren. Er las über die KI und Neuroforschungen des Wissenschaftlers. Nur am Rande nahm er eine Videopassage über Brenkenhoff wahr:

»... verleihen wir Professor Gustav Brenkenhoff hiermit den mit 2,5 Millionen Euro dotierten Societo-Preis für Neurowissenschaften. Seine Erfolge bei der digitalen Konservation des menschlichen Bewusstseins und der damit verbundenen erfolgreichen Spiegelung menschlicher Gedächtnisstrukturen lösten zentrale Fragen zur Lokalisierung und Separation zerebraler Engramme mit Hilfe mnemonischer Ribonukleinsäure ...«[1]

---

1   Aus *Stummes Vermächtnis* von Herbert Arp, erschienen in der Reihe *Tschüsschen, Tschüsschen* bei Paperwork. Mit freundlicher Genehmigung des Autors.

Konservation des Menschlichen Bewusstseins. Spiegelung von
Gedächtnisstrukturen. *Isolierung* *von*
Gedächtnisaufzeichnungen. Mnemonische RNA.

Seine Notizen waren nicht strukturiert und flossen wie bei einem Brainstorming ungeordnet und unbewertet in sein Journal.

Immer tiefer grub er in der Vergangenheit dieses Mannes. *Was wurde aus Brenkenhoff?* Seine Spur verlor sich zunächst, als die öffentliche Berichterstattung müde wurde, über dessen unvermitteltes Verschwinden einige Jahre nach der ersten von ihm trainierten KI zu philosophieren. Die Welt schien das Interesse verloren zu haben, Brenkenhoff wieder zu finden, weil sein Werk bereits von anderen Wissenschaftlern fortgeführt worden war und sie seinen Platz eingenommen hatten.

Tom entdeckte zunehmend Muster. Wegen Übereinstimmungen, die kaum jemand sonst wahrnehmen würde, fand er Menschen, deren Verhalten Brenkenhoff derart ähnlich war, dass es praktisch nur eines bedeuten konnte. Er verfolgte die Spuren von Hamburg nach Moskau, Beijing nach Montreal, später Paris und Stockholm und schließlich wieder zurück nach Hamburg. Brenkenhoff hatte sein eigenes Bewusstsein konserviert und gespiegelt. Er hatte es geschafft, sein digitalisiertes Bewusstsein zunächst auf seinen Enkel und später auf andere zu übertragen. Viele andere. Der letzte Name, der auf dem Display seines Tablets markiert war, lautete: Prof. Dr. Harald Martinsdorff, ehemals Leiter der relativ neuen neurowissenschaftlichen Fakultät der Universität Stockholm. Jetzt lebte er im Ruhestand auf einem landwirtschaftlichen Anwesen nahe Hamburg. Tom entschied sich, dass er als erstes den Professor aufsuchen würde.

Er sah auf das Display des Navigationssystems, korrigierte das Fahrtziel, und war sich sicher, bei der Ankunft etwas über den Verbleib von Martinsdorff - oder besser Brenkenhoff - zu erfahren, vielleicht sogar den Mann selbst anzutreffen. Tom lehnte sich zurück. *Wie war Kay in diese Lage geraten?* Toms KI hatte am vergangenen Wochenende ein ausgeprägtes Interesse an der Begegnung mit einem alten Geist entwickelt. Einem echten Geist. Tom wollte es noch immer nicht glauben und war sich sicher, dass es am Ende eine gute Erklärung für das von ihm Erlebte und Gesehene geben würde. Der ›Konstrukteur‹ würde einen Überblick über die Ereignisse benötigen, mutmaßte Tom. Er tippte die wichtigen Informationen, an die er sich noch erinnern oder die er wieder rekonstruieren konnte, in das Journal ein.

Ein Opferkult hatte die Tochter von Toms Jungendliebe entführt und wollte diese einem Phänomen opfern, welches seit Jahrhunderten landläufig hinter vorgehaltener Hand als Geist einer Kräuterhexe bekannt war. Tom und Kay konnten die Opferstätte rechtzeitig finden und das Menschenopfer verhindern. Kay jedoch unternahm einen Versuch, mit diesem ›Geist‹ zu kommunizieren. Bei dem entstehenden Austausch von elektrischen Ladungen zwischen dem Phänomen und Kay, so vermutete Tom, musste es auf sie übergegangen sein, so dass sie ihre Kontrolle über ihr eigenes System verloren hatte.

Er las sich das Resümee noch einmal durch und speicherte es ab. Der Bus hatte das Stadtgebiet von Hamburg zwischenzeitlich durchquert und rollte durch ländliches Acker- und Weideland nördlich der Hansestadt.

Wenig später erreichte er einen Hof. Der Untergrund aus hellem Kies knirschte unter der tonnenschweren

Last des Busses, während er einen Teich in der Hofmitte umrundete und vor dem großen Haus zum Stehen kam.

Tom schaute durch die Windschutzscheibe und Seitenfenster. Nichts tat sich. In der feuchtkalten Novemberluft regte sich niemand. Es gab keinen Hinweis dafür, dass Toms Ankunft irgendeine Aufmerksamkeit erregt haben könnte.

Tom zog sich seinen dunklen Parka über, griff nach seinem Tablet sowie Kays blaue Mappe und öffnete die Seitentür. Während er darauf wartete, dass sich die Trittstufen vollständig ausfuhren, musterte er den Hauseingang. Der Torbogen der ehemaligen Scheune war mit einer Glasfläche und einer modernen Eingangstür versehen. Dahinter sorgte eine warme, gedämpfte Beleuchtung für eine einladende Atmosphäre. Tom ging hinüber und trat auf die Terrakottafliesen des Türsockels, als ein unaufdringlicher Gong im Inneren seine Ankunft ankündigte. Es dauerte nicht lange, bis ein Junge von etwa zwölf Jahren die Tür öffnete.

»Guten Tag?«, fragte der Junge.

»Guten Tag. Mein Name ist Jensen. Ich möchte zu Herrn Professor Doktor Martinsdorff«, antwortete Tom.

»Einen Moment, bitte«, kam es zurück, »ich sage kurz Bescheid.« Die Tür schloss sich wieder. Nach kurzer Wartezeit kehrte der Junge zurück und bat Tom herein.

»Kommen Sie, mein Großvater erwartet Sie in der Bibliothek!« Der Junge ging voraus und führte Tom durch das Haus dorthin.

In hohen Regalen bis zu Decke waren tausende von Büchern aller Größen und Ausführungen eingeordnet. Es gab eine Galerie mit weiteren Bücherregalen. Das Holz der Regalwände wirkte alt, als sei es bereits seit Jahrhunderten so beschaffen. In regelmäßigen Abständen erhoben sich bewegliche Treppen, um den Zugang zu den Büchern in Deckennähe zu ermöglichen. Den hinteren Bereich beherrschte ein großer offener Kamin mit reich verziertem Sims, auf dem sich eine alte Standuhr befand. Die vornehm zurückhaltende Atmosphäre des Raums wurde durch eine warme, indirekte Beleuchtung unterstrichen. In der Mitte der Bibliothek befanden sich zwei große Kartentische.

Bei dem größeren handelte es sich um ein modernes Gerät mit einem riesigen Touchscreen als Tischplatte, dessen üblicherweise hochauflösende Oberfläche jedoch gegenwärtig unbeleuchtet war. Dagegen stapelten sich auf dem kleineren Kartentisch zahlreiche Bücher und zum Teil aufgeschlagene Atlanten. Direkt neben diesem alten Kartentisch stand, in braunem Tweed und weißem Hemd gekleidet, eine hagere Gestalt, die sich über eines der geöffneten Bücher beugte. Bei Toms Eintreten blickte der Mann auf und sah ihn an. Mit einem einladenden Lächeln und ausgestreckter Hand kam der Hausherr auf ihn zu.

»Sie müssen Tom Jensen sein. Willkommen. Ich bin Harald Martinsdorff. Es freut mich, Sie endlich kennenzulernen.«

»Herr Martinsdorff. Die Freude ist meinerseits. Aber wieso ›endlich‹ kennenlernen?«, Tom wunderte sich, wie der Mann von ihm gehört haben konnte.

»Marlene hat mir von Ihnen berichtet. Und von dem, was Sie so tun«, antwortete Martinsdorff. Er bedeutete Tom zu einem Paar ausladender Ohrensessel, die sich vor dem Kamin in einer Ecke der Bibliothek gegenüberstanden und setzte sich.

Zwischen ihnen stand ein kleiner Beistelltisch mit einem gefüllten Wasserglas auf der runden Tischplatte.

Tom hatte ein mulmiges Gefühl im Bauch, als er den Mann vor ihm ansah, der nicht im Mindesten überrascht zu sein schien, dass er ihn hier aufsuchte. Er versuchte sich zu erinnern, ob er seine Ankunft irgendjemandem verraten haben könnte. Doch er war sich sicher, dass das nicht der Fall war. Seine Gedanken rasten.

Wie kann es sein, dass er mich erwartet? Dass er mich so gut zu kennen scheint? Kay hat ihn niemals erwähnt. Was, wenn er nur vorgibt, Martinsdorff zu sein? Das Ganze geht mir zu schnell. Es ist beinahe so, als würde Martinsdorff sich mir auf einem Silbertablett servieren ... Denk nach, Tom! Denk nach! Es muss doch etwas geben, mit dem ich ihn zweifelsfrei ... Das Muster! Es ist ...

»Das Muster!« Tom hatte die letzten Worte laut gesprochen, was Martinsdorff damit quittierte, dass er eine Augenbraue anhob.

»Zeigen Sie mir die andere Hälfte des Musters!«

Martinsdorff wich in seinem Sessel zurück, als er die unerwartet vehemente Aufforderung hörte. Er sah sich kurz in der Bibliothek um, blickte noch einmal nachdenklich zu Tom und erhob sich aus seinem Sessel. Zielstrebig drehte er sich zu einem seitlich stehenden Regal um und ging eilig darauf zu. Mit den Fingern fuhr er an den Buchrücken entlang, so als läse er die Beschriftungen. Bis er innehielt.

Langsam zog der Wissenschaftler ein dickes Buch mit einem aufwändig gestalteten Buchrücken hervor. Er ging zum Kartentisch, legte das Buch darauf und blätterte darin, indem er einen Stoß Seiten in der Hand bog und diese mit dem Daumen auf dem Seitenrand herunterflattern ließ. Dann schlug er es auf und zog eine Folie zwischen den Seiten hervor.

»Sie haben das Gegenstück dabei, Tom?« Martinsdorff sah ihn erwartungsvoll an. Bedächtig öffnete Tom die Notfallmappe und präsentierte den abgerissenen Folienausdruck mit dem Muster.

Der Professor näherte sich mit seiner Hälfte und hielt diese dagegen. Sie passten exakt zueinander. Erleichtert sank Tom in das weiche Leder des Sessels zurück. Dann lehnte er sich abrupt vor.

»Moment, Martinsdorff, soll das etwa heißen, Kay konnte sie jederzeit erreichen?« Tom wollte das nicht glauben. *Warum lässt sie mich den Alten dann suchen?*

Martinsdorff schien seine Entrüstung zu bemerken. Er schüttelte den Kopf und machte eine beschwichtigende Geste: »Nein, Tom. Marlene wurde von mir kontaktiert. Von Anfang an hatte ich einen geheimen Kommunikationsraum im Netz - ein Café, wenn sie so wollen - in dem wir uns gelegentlich trafen. Zuletzt trafen wir uns im Sommer und sie hat mir einiges von ihnen erzählt. Ich kann sie beruhigen, Tom, Marlene wusste nicht, wo ich mich aufhielt. Dafür habe ich einige Anstrengungen unternommen. Nicht wegen Marlene. Wenn eine KI wie sie mich jedoch nicht finden konnte, dann konnte es die neugierige Medienwelt da draußen ebenso wenig.«

Der Hausherr machte eine Handgeste in Richtung eines Fensters, dann fuhr er fort: »Zweifellos haben Sie mit Ihrem Talent bereits herausgefunden, dass ich nicht immer Harald Martinsdorff war, nicht wahr?«

Tom war nicht einmal überrascht, dass sich seine Vermutungen so unvermittelt bestätigten und antwortete ruhig: »Sie sind Gustav Brenkenhoff.«

»Das ist richtig, Tom«, antwortete dieser und fuhr fort: »Diesen Namen habe ich jedoch schon sehr lange nicht mehr gehört.«

Toms Verstand schien sich noch zu weigern, die Tatsachen zu akzeptieren: »Aber wie haben …?«

»… habe ich es gemacht? Ist das denn wichtig? Sind Sie nicht hier, um Marlene – also Kay, wie Sie sie nennen – zu retten?« Brenkenhoff unterbrach ihn und lächelte flüchtig, doch seine Augen hatten eine ergreifende Tiefe, als sähe man in die ruhigen Augen eines Säuglings. Durch die Pupillen hatte Tom den Eindruck die Komplexität und Weite des Universums zu sehen. Es fiel ihm schwer, sich von diesem Blick zu lösen.

»Entschuldigen Sie!«, er ärgerte sich über sich selbst, da er sich aufgrund der Reaktion des Professors ein wenig wie ein Schuljunge fühlte.

»Nein, Tom. Entschuldigen Sie sich nicht! Eines Tages werden Sie es erfahren. Marlene hat Ihnen dieses Recht bereits eingeräumt, da es ebenso Teil ihrer selbst ist, als auch mein Vermächtnis. Doch wir sollten uns zunächst um Marlene kümmern. Erzählen Sie mir genau, was passiert ist! Lassen Sie nichts aus!

Tom dachte einen Moment nach und begann, die Erzählung der Ereignisse rund um das Halloweenfest im EventSilo in Schulenburg, in dessen Umfeld Kay letztlich als Gefangene ihres eigenen Systems endete.

Er reichte Brenkenhoff das Tablet mit dem geöffneten Journal herüber und ergänzte so viele Details, wie sie ihm in Erinnerung geblieben sind. Der Monolog hatte für Tom etwas unerwartet Befreiendes, insbesondere weil Brenkenhoff die Ausführungen nach Toms Eindrücken offenbar ernst zu nehmen schien. Brenkenhoff schwieg eine Weile, nachdem Tom seinen Bericht abgeschlossen hatte. Er starrte ins Leere, wobei seltsam leuchtende Muster in seinen Pupillen schimmerten.

Der Wissenschaftler verwendete Kontaktlinsen mit einem hochauflösenden Head-up-Display, welches Bildinhalte seines Smartphones in sein Blickfeld projizierte.

Tom bereitete diese Form der Datenverarbeitung und Internetnutzung Unbehagen. Die Technologie selbst kannte er, sie war allgegenwärtig. Er hatte sich daran gewöhnt. Die Durchdringung der Menschlichen Existenz mit Technik bereitete ihm jedoch Bauchschmerzen. Viele verließen sich so sehr auf diese Assistenzsysteme, dass sie völlig hilflos waren, wenn diese einmal ausfielen. Er hatte die Befürchtung, dass die einst so hochgelobte Augmentierte Realität, also die Überlagerung der natürlichen Wahrnehmung mit digitalen Zusatzinformationen, ihm als Privatdetektiv die Fähigkeit zu ermitteln, die Intuition, raubte.

»Tom, ich denke es gibt eine Lösung für Marlenes Existenz. Und ich fürchte, ich bin an ihrem Zustand nicht ganz unschuldig.« Brenkenhoff war ernst.

»Nicht unschuldig? Wie meinen Sie das?«

»Marlene ist eine alte Dame. Sie ist eine der ersten KIs, die ich ausgebildet habe, und basiert auf einer sehr frühen Referenzplattform für künstliche Intelligenzen. Große Teile ihres Funktionscodes laufen exklusiv auf der Hardware. Ich verfolgte damals die Theorie, dass die KI auf einem sogenannten Bare-Metal-Server besser zu kontrollieren sei, sollte es zur Entstehung einer Superintelligenz kommen. Wird beispielsweise bei einem Update ein anderer solcher Betriebssystemcode auf dem Host-System installiert, so ersetzt er das vorherige System. Er verdrängt sozusagen das ursprünglich aktive System. Marlenes System war so konstruiert, dass ich während der Entwicklungsphase im laufenden Betrieb Aktualisierungen und auch Modifikationen aufspielen konnte. Eine Funktion, die Kay vererbt wurde. Eine

Schwäche im Design, die aus einer Zeit stammt, als man noch davon ausging, nur eine, also, die eine künstliche Intelligenz zu schaffen, die sich aus einer einzigen Referenzquelle automatisch aktualisierte«, Brenkenhoff pausierte kurz und fuhr dann fort.

»Marlene war eine ganze Zeit lang die einzige KI weltweit. Nur wenige Jahre später wurde alles, was mit KI-Systemen zu tun hatte, virtualisiert. Man entzog den KIs den direkten Hardwarezugriff und separierte das reine Betriebssystem vom Intelligenzmodul und dem Gedächtnisanteil. Das machte sie flexibler und zugleich transportabel.«

»Kay wurde also überschrieben, weil sie einem anderen Code den Hardwarezugriff gewährte und dieser ihr Betriebssystem im laufenden Betrieb überschrieb?« Tom versuchte das Gehörte zu begreifen.

»Ja, so könnte man das sagen. Sie hat ihre Update-Funktion benutzt, um mit dem Geist Informationen auszutauschen und dabei dessen Code importiert. Sie ist neugierig wie ein Kind und hat ihre Erfahrungen in einer behüteten und kontrollierten Umgebung gesammelt. Das Konzept, dass ein natürliches Geistwesen überhaupt in der Lage sein könnte, sich auf ihrem Computersystem zu installieren, war ihr einfach fremd. Es war selbst mir fremd und ich denke, es ist Zeit, Marlene auf den neuesten Stand zu bringen.« Brenkenhoff strahlte eine geradezu vorfreudige Begeisterung aus. »Holen wir ihren MemCore und sehen wir mal, was wir machen können!«

Tom begleitete Brenkenhoff zum Bus und holte den Koffer mit dem MemCore der KI. Auf dem Rückweg ins Haus schloss der Wissenschaftler eine Datenleitung an den Bus an und rollte das Kabel Meter um Meter ab, bis er es neben dem Eingang vor einer Klappe auf den Boden legte.

Zurück in der Bibliothek benutzte der Professor den Touchscreen des größeren Kartentischs, um auf Kays MemCore zuzugreifen. Tom konnte hier nicht vielmehr tun als im Weg zu stehen, daher setzte er sich wieder in einen der beiden Ledersessel und kam sich ein wenig überflüssig vor. Er beobachtete den alten Mann von seinem Ohrensessel aus. Fast eine Stunde tippte Brenkenhoff wie besessen auf der eingeblendeten Tastatur herum, rief eine Codedatei nach der anderen auf und ergänzte diese. Für ihn wirkte er wie ein Hütchenspieler in der

91

Fußgängerzone. Beseelt vom Wunsch den Vorgang zu kontrollieren, erhob Tom sich unruhig und ging zu ihm hinüber. Er sah Brenkenhoff über die Schulter, doch von dem, was der Professor dort tat, verstand er nicht sehr viel. Aber es schien zu funktionieren, wie die Lautäußerungen des Professors Tom vermuten ließen. Kurze Zeit später ertönte unvermittelt Kays Stimme aus den Wänden der Bibliothek:

»Danke, Tom!«

Tom fuhr zunächst erschrocken herum und sah zu Brenkenhoff, dann grinste er wie ein Schuljunge.

»Kay, es tut gut deine Stimme zu hören.«

»Es tut gut, wieder zurück zu sein, Tom.«

Brenkenhoff winkte ihn näher heran und erklärte ihm, dass Marlene nun auf eine moderne Codebasis aktualisiert worden war und wie andere KIs als virtuelle Maschine betrieben würde. Doch während viele andere KIs heutzutage ein cloudbasiertes Gedächtnis mit geteilten Ressourcen nutzten, hatte Kay – wenn später alles wieder laufen würde – darüber hinaus ihre Hochleistungsbibliothek im Lagerhaus und die exklusive Rechenleistung des Busses. Das machte sie unabhängiger von Netzzugängen und Cloud-Anbietern.

»Kümmern wir uns nun um den Geist! Ich werde den gesamten Server des Busses in eine virtuelle Maschine transferieren und danach im Bus ein neues System aufspielen. Und dann sprechen wir mit dem Geist.« Der Wissenschaftler schien mit dem Fortschritt seiner Arbeit zufrieden zu sein.

Tom hatte erneut das Gefühl, hier keine große Hilfe zu sein. Er fragte sich, ob Kay ihm ihre Sicht der Dinge erzählen konnte.

»Kay? Wie geht es dir? Was ist denn genau geschehen?« Doch Kay antwortete ihm nicht. Nicht sofort. Es dauerte ein paar Minuten, die Tom wie eine Ewigkeit vorkamen.

»Ich helfe dem ›Konstrukteur‹ das Laborsystem zu konfigurieren. Bitte hab noch etwas Geduld, deine Fragen werde ich in Kürze beantworten.«

Zur Untätigkeit verbannt beobachtete Tom den Professor und wartete auf Ergebnisse. Er hätte gern gewusst, was sich dort in den Systemen der Bibliothek des ›Konstrukteurs‹, in dem pulsierend leuchtenden Datenkabel, das zum Bus führte, und in Kay abspielte.

Nach einer von Tom so empfundenen quälend langen Zeit richtete sich Brenkenhoff, der die ganze

Zeit über am digitalen Kartentisch gearbeitet hatte, auf und bedeutete Tom, ihn zu begleiten. Er ging zu den beiden Ohrensesseln vor dem Kamin hinüber und reichte Tom dabei einen Cranial-Adapter – ein Schulteraufsatz in Form eines hohen Kragens aus glasklarem Kunststoff, der den halben Hinterkopf umfasste. Tom kannte so etwas Ähnliches von zu Hause, wenn er seine wöchentlichen Pokerrunden mit Freunden überall in der Welt spielte.

»Treffen wir den Geist in der Maschine, Tom«, kündigte Brenkenhoff an, »Marlenes Recherchen zufolge habt ihr den Geist einer Kräuterfrau namens Miltraud aufgespürt und dieser ist nun aller Wahrscheinlichkeit nach in Marlenes Server eingedrungen. Ich glaube nicht, dass sie dort etwas Sinnvolles anstellen konnte, da die Architektur überhaupt nicht auf ihre Bewusstseinsinstanz eingerichtet ist. Sie müsste sich eigene Schnittstellen definieren und ich bezweifle, dass ihr dies gelungen ist. Ich habe mit Marlene ein Forum vorbereitet, in dem wir mit ihr interagieren können.«

Tom nahm auf dem Sessel gegenüber von Brenkenhoff Platz und legte sich den Datenkragen an. Das emotaktile Feedback änderte sich wie erwartet, aber dennoch war die digitale Reinheit der Eindrücke im ersten Moment überraschend. Kurz darauf begann der Übergang in die virtuelle Realität.

Es war für Tom, als ob sich die wahrgenommene Welt mit einem Mal zu einem Punkt in der exakten Mitte seines Sichtfelds zusammenzog und mit ihr wurde ihm die Wahrnehmung aller Geräusche, des Geruchs der alten Bücher, des Gefühls des glatten Ledersessels und jeglichen Temperaturempfindens genommen.

Nur für einen Moment, der so kurz war, dass er nicht einmal einen Sekundenbruchteil einnahm und dennoch in allen Details und völliger Klarheit von ihm wahrgenommen wurde, kam es ihm vor, als brandete statisches Rauschen in allen Farben des natürlichen Spektrums auf ihn ein.

Mit einem Schauer auf der Haut, der seine Arme emporraste und dabei Härchen um Härchen aufstellte, bis er seinen Nacken erreichte, brach die Welt wieder über ihn herein. Aus eben jenem Punkt vor ihm spannte sie sich auf wie ein Regenschirm und umgab ihn vollständig. Mit ihr kehrten Geräusche, Gerüche und das Gefühl des Windes und der Sonne auf seiner Haut zurück. Er stand draußen auf einer

Wiese. Wildblumen und Gräser wiegten sich im leichten Wind. Insekten schwirrten umher und das Zwitschern verschiedener Vögel lag in der Luft.

Marlene Dietrich stand rechts von ihm, umgeben von Löwenzahn und saftigem Gras. Und diesmal spürte er Marlene. Kay. Er nahm ihre Präsenz, ihre Nähe, den zarten Geruch ihres Parfums und ihre Wärme wahr. Eine vollkommene, reine Sinneswahrnehmung, die in ihrer Klarheit und Brillanz, in ihrer Perfektion so gar nichts mit der Realität zu tun hatte und dennoch so immersiv, so unzweifelhaft überzeugend war, dass Tom nicht eine Sekunde an ihrer Echtheit zweifelte.

Aber Tom zwang sich, die Realität nicht zu vergessen. Er nahm an, dass sie in der Simulation waren, in einer Virtuellen Realität innerhalb von Brenkenhoffs Bibliothek.

Tom sah zu Kay hinüber und ihre Blicke kreuzten sich. Kay lächelte sanft und er konnte sich ein Grinsen nicht verkneifen. Sie trug einen weißen Hosenanzug, welcher ihre schlanke Figur gut zur Geltung brachte, eine dunkle, karierte Krawatte, sowie schmale, weiße Halbschuhe und eine passende Schiebermütze auf dem wallenden Haar. Ihre obligatorische Zigarette steckte in einem elfenbeinfarbenen Mundstück und komplettierte ihre ikonische Erscheinung.

Dann entdeckte er Brenkenhoff, der einige Schritte voraus auf ein kleines Waldstück zuging. Er trug ein ledernes Wams, darüber ein Kasack, weite Pluderhosen mit breitem Gürtel und Stulpenstiefel, dazu einen breitkrempigen Hut mit einseitig geknöpfter Krempe und langer Straußenfeder im Hutband. An seiner Hüfte baumelte ein Degen. Er sah aus wie ein Musketier.

Tom blickte an sich herab. Auch er trug Stulpenstiefel, derbe Pluderhosen mit breitem Gürtel und Degen. Insgesamt trug er die gleichen Kleider wie Brenkenhoff nur in weniger farbenfroher Ausführung.

In der Entfernung konnte man etwas seitlich am Wald vorbei ein Gehöft erkennen. Es roch entfernt nach glimmendem Torf. Was Tom irritierte, war das Fehlen jeglicher Zivilisationsgeräusche. Keine Magnetschwebebahnen, AeroCopter oder Elektrofahrzeuge. Kein hochfrequentes Summen von elektrischen Leitungen oder auch nur das entfernte Geräusch der sich drehenden Rotoren von den sonst omnipräsenten Windkraftanlagen. Es war einfach nur friedlich, warm und paradiesisch. Kay folgte dem Professor und schritt dabei äußerst würdevoll und mit einem für Tom anregenden Hüftschwung durch das saftige Gras. Tom blickte ihr für einen Moment nach und musste Schmunzeln.

»Das ist nur eine Simulation, Na los, Dicker!«, wies er sich zurecht und beeilte sich, zu Kay und dem Professor aufzuschließen, die ein beachtliches Tempo vorlegten. Beide waren bereits in die nahe gelegene Waldschonung eingetreten und als Tom diese erreichte, traten beide bereits auf der anderen Seite wieder hinaus auf einen Weg. Es war eine alte Straße, die über eine lange Holzbrücke auf eine Flussinsel führte, wo sich der kleine Hof befand. Es handelte sich dabei um ein einfaches, reetgedecktes Blockhaus, aus dessen Dachabzug leichter Rauch aufstieg. Im Vorgarten befand sich eine Wäscheleine, an der sich noch ein mehrfach geflicktes Kleid im lauschigen Wind wog. An einer Seite des Gebäudes befand sich ein kleiner Kräutergarten, welcher von einem etwas verfallenen Lattenzaun umgeben war.

Brenkenhoff erreichte die schmale Gartenpforte und öffnete diese. Er drehte sich um und wartete darauf, dass Kay und Tom zu ihm aufschlossen. Kaum erreichte Tom die Pforte, da flog die niedrige Holztür des Hauses auf, eine zierlich und vom Leben gezeichnete Frau stürmte heraus und rief: »Was wollt Ihr hier?« Sie hatte eine Mischung aus Zorn und Furcht in ihren Augen und starrte Brenkenhoff unverwandt an, der im Gegenzug eine Verbeugung andeutete, die sie sichtlich irritierte.

»Ihr müsst Miltraud, die Kräuterfrau, sein, nicht wahr?«

Sie nickte und blickte abwechselnd demütig zu Boden und neugierig zu ihm auf.

Tom war fasziniert. Er stand vor einem Geist. Aber es gab rein gar nichts, dass Miltraud mit Toms Vorstellung von einem Geist zu tun hatte. Sie war weder schemenhaft, noch durchscheinend. *Für einen Geist sieht sie eigentlich ganz normal aus. Der Alte muss das gewusst haben. Er ist überhaupt nicht beeindruckt von dieser Miltraud. Sie wirkt so real, so menschlich.*

»Ich bin Herr Brenkenhoff von Hamburg. Ihr habt sicher viele Fragen. Wollen wir ein Stück gehen?« Brenkenhoffs Stimme war sanft, doch sie wirkte auch autoritär. Sein Vorschlag war keine Frage.

»Ja, Herr«, sie schob verlegen einige Haare zurück unter ihre Haube und ging einen Schritt auf Brenkenhoff zu. Dieser machte eine einladende Geste in Richtung Gartenpforte und trat einen Schritt zur Seite.

»Verzeih meine Manieren! Meine Begleiter sind Frau Dietrich und Herr Jensen von Calenberg. Ihnen gehört dieses Land.«

Die Kräuterfrau deutete einen Knicks an und nahm verlegen den Arm, den Brenkenhoff ihr anbot. Tom und Kay folgten den beiden durch die Pforte hinaus auf die Landstraße. Diese bestand lediglich aus drei ausgefahrenen Spuren im Gras, von denen die mittlere ein wenig breiter war. In unregelmäßigen Abständen lagen Pferdemist und Kuhdung unterschiedlichen Alters auf dem Weg, Tom war so beeindruckt von dem Detailreichtum der virtuellen Welt, dass er auf einen der Haufen trat. Sein Absatz sank in die weiche Oberfläche und produzierte ein matschiges Geräusch. Es war erstaunlich, wie realistisch die virtuelle Realität des künstlichen Flusstals auf ihn wirkte.

»Erzähle, Miltraud, was hast du heute erlebt?«

»Herr, ich vermag nicht die richtigen Worte zu finden, um genau zu beschreiben, was mir widerfuhr«, sie schluckte und fuhr fort. »Gestern befand ich mich in der neuen Leinemühle, wo mir im Keller erneut eine arme, junge Seele zur Obhut gegeben werden sollte. Die Gegend hatte sich in den letzten Jahren stark verändert und diese monströse Mühle wurde anfangs von den Kindern im nahen Waisenhaus bewirtschaftet. Und sie hatten es nicht gut beim Mühlherren. Viele von ihnen kamen über die Jahre in meine Obhut und ich kümmere mich um sie. Gestern war jedoch etwas anders. Ein seltsamer Vogel hat mich mit einem Gewitterzauber angegriffen und mir starke Schmerzen zugefügt …«

»Das tut mir leid!«, kam es von Kay, worauf sich Miltraud mit argwöhnischem Blick zu ihr umdrehte. Kay machte eine beschwichtigende Geste und Miltraud fuhr fort.

»Ich befand mich plötzlich in einem dunklen Raum ohne Grenzen und konnte nichts sehen oder hören. Es war, als ob mich der Tod ereilte, mich umgab und mich festhielt. Ich hatte keine Furcht, aber ich verstand es nicht. Und dann erwachte ich in dieser Hütte. Und alles war beinahe so, wie ich es von zu

Hause kannte. Es fühlt sich ein wenig anders an. Es ist geräumiger, es riecht viel besser und es ist warm. Herr, nach so vielen Jahren konnte ich wieder Schmecken und Riechen und mit den Fingern ertasten, wie sich die Dinge anfühlen. Ich hatte keine Schmerzen im Kreuz oder in den Zähnen. Es war als hätte ich ein ganz neues Leben erhalten und meine Kinder waren bei mir.« Miltraud wirkte glücklich in diesem Augenblick.

Brenkenhoff lächelte und sah sich zwinkernd zu Tom und Kay um, dann sprach er wieder mit Miltraud: »Deine Kinder? Sie sind hier?«

Die Kräuterfrau nickte: »Sie schliefen in der Diele, als ihr kamt.«

»Und möchtest du hier leben? Ihr mit deinen Kindern?« Brenkenhoff pausierte kurz und setzte hinzu: »Wir errichten euch ein solides Dorf und ihr wäret eure eigenen Herren.«

Miltraud blieb stehen und sah ihn mit offenem Mund ungläubig an: »Meint ihr das ernst, Herr? Ihr seid zu gütig.«

»Nun denn, es sind dennoch einige Aufgaben an euer Leben hier gestellt. Ihr müsst die Felder bewirtschaften, insbesondere die Wiesen mähen, um

Heu für die Tiere des Gemeindehofs einzubringen. Dafür erhaltet ihr Ackergerät und alles, was nötig ist, um euch die Arbeit so angenehm wie möglich zu gestalten. Andere Dinge hingegen werden euch gebracht. Feuerholz, Kleidung, Wein oder Bier. Um euer leibliches Wohl müsst ihr euch fortan nicht mehr fürchten. Klingt dies für dich und deine Kinder annehmbar, Miltraud?« Brenkenhoff sah die Kräuterfrau an, die vor ihm mit Tränen in den Augen stand und nicht wusste, wie ihr geschah.

»Ja.« hauchte sie tonlos.

»Nun, so sei es! Du wirst noch einmal vom schwarzen Nichts träumen und dann in der Welt des Herrn und der Frau von Calenberg leben. Du darfst nun zurückkehren zu deinen Kindern.«

Mit einer galanten Bewegung wies Brenkenhoff auf Tom und Kay, die hinter der Kräuterfrau standen, und auf den Weg, der zurück zu ihrem Hof führte. Sie drehte sich um und knickste erneut vor ihnen.

»Danke!« strahlte sie und lief mit wehenden Kleidern an ihnen vorbei zurück zur Hütte. Kaum fiel die Tür hinter ihr ins Schloss, zog sich die Welt um Tom herum zusammen und verschwand in einem winzigen Punkt vor ihm. Erneut war es, als flimmerte der Raum in statischem Rauschen. Dann spannte sich vor ihm wieder die Bibliothek von Brenkenhoff auf und er war zurück in der Realität.

»Es ist erstaunlich, Tom. Ich weiß, sie ist ein Geist. Und ich kann noch nicht erklären, wie Geister funktionieren. Aber dort in der Simulation verhalten sie sich exakt so wie eine Bewusstseinsaufzeichnung, welche als digitale Persönlichkeit in einer virtuellen Realität lebt. Wir erleben hier die Geburt des ersten digitalen Dorfs, indem sich Menschen zurückziehen und leben können, die ihr Bewusstsein haben aufzeichnen lassen, um die Limitationen des natürlichen Lebens hinter sich zu lassen. Die VR läuft im Moment hier auf einem kleinen Teil des Bibliothekservers und ich werde dafür Sorge tragen, dass auf diesem auch in ferner Zukunft immer ein Heim für digitale Personen besteht. Eine echte Nanopolis! Marlene kann wieder in den Bus einziehen und bekommt sogar ein neues VR-System hinzu. Miltraud kann in der virtuellen Welt normal leben und sogar mit der Außenwelt interagieren.« Brenkenhoff lächelte.

»Sie kann nun also nicht mehr in Kays System vordringen?«, vergewisserte sich Tom, »Noch einmal möchte ich so eine Aufregung nicht erleben, auch wenn die virtuelle Reise eben ein interessantes kleines Abenteuer war.«

»Nein, Tom. Der Weg in den Bus ist ihr versperrt.« Brenkenhoff lächelte und Tom fiel auf, wie sein Blick einem Staubsaugerroboter folgte, der emsig seine Bahnen in der Bibliothek zog.

»Aber das heißt nicht, dass sie darauf verzichten muss die Welt zu erkunden. Auch wenn sie im Moment noch annimmt, sie bewirtschaftet die Wiesen um ihren Hof herum.«

Wenig später verabschiedete sich Tom von Brenkenhoff und versprach, mit ihm in Kontakt zu bleiben. Er trat aus dem Haus und ging langsam zum Bus hinüber. Es war windig und dunkel. Kaum war die Tür des Hauses hinter ihm ins Schloss gefallen, erhielt er erneut eine SMS: *Dreh dich mal um!*

Tom fuhr herum und sah einige Schritte vor sich eine schlierenhafte Erscheinung auf ihn zuschweben, die ein wenig an Marlene Dietrich erinnerte.

JULIA DEST

SCHLECHTE ERNTE

Es regnete seit Tagen. Der aufgeweichte Boden ließ kaum mehr festen Grund finden. Die Dorfstraße war eine einzige Brühe aus Kot, Urin und Dreck. Es stank faul und scharf. Indessen sorgte der Regen dafür, dass alle Exkremente die leicht abschüssige Straße hinuntergespült wurden.

Der Himmel war dunkel, als hätte das Firmament sämtliche Sterne und auch den Mond verschluckt. Nicht einmal Katzen, die sonst immer herumstreunten, trauten sich in dieser Septembernacht vor die Tür.

Allein Pamfil war unterwegs und zerrte einen schweren Leiterwagen durch den Matsch. Normalerweise zogen seine Ochsen den Karren. Diese hatten jedoch vor kurzem schlapp gemacht. Die armen Viecher waren schon lange von Pamfil missbraucht worden und nun innerhalb weniger Tage verreckt. Einer war noch auf dem Feld, beim Pflügen, zusammengebrochen. Der andere rutschte im Schlamm, vor der Stalltür aus. Seine Beine glitten nach außen. Dabei brach sich das Tier fast alle Gliedmaßen und verendete unter fürchterlichen

Lauten des Jammers. Als würde man ihn lebendig häuten, hatte Pamfil gedacht. Denn diese Schmerzenslaute kannte er.

Jetzt war es an ihm, den Leiterwagen zu ziehen, denn er musste Ware abliefern. Blutige Striemen zogen sich über Pamfils Schultern und Rücken, wo sich die Lederriemen, mit denen er den Wagen zog, bereits ins Fleisch geschnitten hatten.

Es war ihm gleichgültig. Wichtig war, dass er rechtzeitig die Burg erreichte. Er rutschte auf dem matschigen Boden aus, rappelte sich hoch und versuchte erneut, den Karren vorwärts zu bewegen. Die Räder waren im Schlamm versunken. Es war hoffnungslos. Die Angst vor Versagen ließ ihn zum wiederholten Mal über den Strick nachdenken. Nein, sterben wollte er nicht.

Nach kurzem Grübeln löste Pamfil die Gurte und lief nach hinten zum Ende des Wagens.

Unversehrt muss die Ware sein, verstehst du? Ja, das hatte er verstanden. Jedes Jahr bekam er den gleichen Satz zu hören. Die Instruktion kam vom Leibdiener des Burgherren, der sein Schwiegervater war, direkt an ihn. Ins Gesicht gespien wurde die Anweisung und mit einem Schlag der flachen Hand auf seine Stirn abgesegnet.

»Unversehrt, jawoll, wie's genehm ist, wie's genehm ist.«

Er hob die Plane des Fuhrwerks etwas an und ließ sie sofort wieder sinken. Wie sollte er die beiden Weibsbilder ohne Karren zur Burg hinauf bringen? Er würde sie tragen müssen. Eine nach der anderen, denn laufen konnten sie in ihrem Zustand gewiss nicht. Sie waren volltrunken. Die Linke jammerte leise, während die Rechte schnarchte. Der Gedanke, sich an ihnen zu vergehen, blitzte für einen Moment in ihm auf. Noch während er versuchte, seine Geilheit zu ignorieren, musste er sich eingestehen, dass er nicht gegen sie ankam.

Unversehrt muss die Ware sein, verstehst du?

Pamfil war nicht unbedingt der Klügste, dennoch verstand er, dass man ihm unter keinen Umständen etwas nachweisen dürfte und da gab es nicht viele Möglichkeiten, wenn er seinen Spaß haben wollte. Er lugte noch einmal unter die Plane und war überzeugt, seine Spuren verwischen zu können. Dann kletterte er auf die Ladefläche.

***

Das Fest zu Ehren der kommenden Ernte war in vollem Gange und Mircea cel Bătrân wollte nicht länger warten. Er brüllte quer durch den Ballsaal.

»Der Rotwein! Wo bleibt der Wein?«

Sein Diener, Gheorghe, lief eilig und in gekonnt antrainierter, leicht gebückter Haltung auf den stattlichen Mann mit dem langen, dunklen Haar zu. Er versuchte den Woiwoden bei guter Laune zu halten und redete auf ihn ein.

»Gleich, Ihro Gnaden, gleich kommen die Mägde mit den gefüllten Karaffen. Sie sind schon fast da, fast da. Sorgt euch nicht, Ihro Gnaden!«

Er entfernte sich geduckt einige Schritte rückwärts. Gerade noch rechtzeitig, bevor der leere Becher, den Mircea nach ihm geschleudert hatte, seinen Kopf treffen konnte.

»Ein Speer landet in deinem Arsch, falls nicht!«

Der Woiwode spie in Richtung Gheorghes auf den Boden.

Es lastete zu viel Verantwortung auf Gheorghes Schultern. Heute war Neumond und Pamfil war immer noch nicht eingetroffen. All das erdrückte ihn, die ganze Organisation und dann heute ausgerechnet das verdammte Fest. Nur weil der Mond dunkel war!

Gheorghe hasste sein Leben, obwohl es zweifelsohne privilegiert war. Es war allerdings anstrengend, der Leibdiener eines solch launischen Herrschers zu sein. Und es war anstrengend, jedes Jahr Jungfrauen zu entführen und diese zur Burg zu schaffen. Jedes Jahr, und das seit zwei Generationen.

Gheorghe, der mittlerweile unsicher war, ob sein Schwiegersohn rechtzeitig auf der Burg eintreffen würde, entschied sich, seinen Kopf zu riskieren. Er zog sich zurück und lief zum Dienstboteneingang, so schnell er konnte.

***

Pamfil war unter die Plane gekrochen. Nichts war unter dem Verdeck zu erkennen, aber er brauchte kein Licht. Er vertraute seinem Tastsinn, mittels dem seine linke Hand am Schenkel des Mädchens rechts vor ihm Stück für Stück nach oben glitt. Der Schenkel gehörte Zina, der Tochter Nidias, die wiederum die Witwe Lorins war. Zina war jung und, das wusste Pamfil, mit Sicherheit noch Jungfrau. Leider musste sie das auch bleiben. Ebenso Iulia, die Tochter der Familie Lupei.

Er ließ von Zinas Schenkel ab und tastete nach Iulias Brüsten. Sie waren größer als die Zinas und er sabberte ein wenig, während er nach vorn kroch, um besser zugreifen zu können. In der Sekunde, in der er ihr Unterkleid nach oben schob, stöhnte sie leicht. Seine Begierde hatte ihn übermannt und er kroch zwischen die Beine des jungen Mädchens. Eine Hand mittlerweile an ihrer rechten Brust und die andere war dabei, sich in seinen Hosenlatz zu wühlen, als er leises Hufgetrappel vernahm. Er zuckte zusammen.

Verdammt!

Während er überlegte, wie er sich am besten verkrümeln konnte, hörte er aus der Entfernung seinen Namen rufen.

»Pamfil? Pamfiiil, bist du da? Bist du am Wagen?«

Zum Teufel! Er erkannte die Stimme seines Schwiegervaters Gheorghe. Sekundenschnell, denn jetzt galt es flink zu sein, schob er seine Hand zwischen die Schenkel des Mädchens und wollte wenigstens für einen kurzen Augenblick bis zu ihrer Scham vordringen. Iulia stöhnte erneut, aber nicht aus Geilheit, wie Pamfil für einen Sekundenbruchteil meinte. Im nächsten Moment hatte sich das junge Ding aufgesetzt. Es würgte, hustete und ohne Vorwarnung ergoss sich ein stinkender Schwall Kotze über Pamfil. Seine Erregung sank in sich zusammen. Zügig und angewidert kroch er unter der Plane hervor und wischte sich den stinkenden Brei aus dem Gesicht.

»Du Sau! Sau! Du elende Fotze!« Er schrie wie von Sinnen in Iulias Richtung, um dann innezuhalten. Er hörte weitere Geräusche der Übelkeit, die durch die feste Segeltuchplane dumpf und unwirklich klangen. Und mittendrin Gheorghes Stimme.

»Pamfil? Bist du das?«

»Ja, ich bin es«, murmelte er, in die Richtung, aus der die Stimme und das Pferdegetrappel auszumachen waren. Pamfil konnte kaum etwas erkennen. Noch immer äußerst gereizt wegen der Unterbrechung, lief er um den Wagen herum und seinem Schwiegervater entgegen. Wenigstens würde er ihm helfen können, den Karren aus dem Dreck zu ziehen.

Gheorghe zügelte sein Pferd kurz vor Pamfil, schaute verwundert auf ihn herab und verzog angewidert das Gesicht.

„Du stinkst nach Kotze!", fuhr Gheorge ihn angewidert an.

»Die Drecksau hat mich angespuckt, als ich nach ihr sehen wollte!«

»Warum schläft sie nicht?«

Die Stimme seines Schwiegervaters klang argwöhnisch.

»Nicht genug gesoffen«, antwortete Pamfil lakonisch.

»Was willst du mit dem Karren?« Gheorghe starrte ungläubig auf seinen Schwiegersohn und dann auf das Gespann. »Wo sind die Ochsen?«

Pamfil versuchte ihm zu erklären, was passiert war und was er vorgehabt hatte, nämlich den Karren allein zu ziehen, und erntete dafür schallendes Gelächter.

»Idiot!« Gheorghe spie auf den Boden. »Gut, dass ich ein Pferd dabei habe.«

Der Ältere stieg vom Gaul, lachte weiter verächtlich und herrschte Pamfil an, die Plane zu öffnen, die Mädchen herauszuholen, um sie dann aufs Pferd setzen zu können. Dies erwies sich als schwieriges Unterfangen, denn Iulia übergab sich währenddessen noch zweimal und Zina fing zu weinen und zu schreien an.

»Hau ihr eine rein!« Gheorghe trat Pamfil in den Arsch. »Sie soll ihr Maul halten, jetzt mach schon!«

Pamfil, der wusste, das unversehrt jungfräulich bedeutete, schlug Zina kurzerhand mit der Faust mitten ins Gesicht. Das Mädchen fiel bewusstlos in den Dreck, bevor er es auffangen konnte. Immerhin hatte der Schlag bewirkt, dass Iulia vor Schreck das Schreien verging. Und so wimmerte sie nur leise und ließ sich ohne Widerworte auf das Pferd setzen. Zina, die noch immer vom Schlag besinnungslos war, legte er bäuchlings vor Iulia auf den Pferderücken und befahl ihr auf Zina aufzupassen.

***

Sie kamen nur langsam voran. Immer wieder mussten die beiden Mädchen abgestützt werden, damit sie nicht vom Pferd fielen. Zina, die zwischenzeitlich wach geworden war, saß nun ebenfalls im Sattel. Beide waren immer noch zu betrunken, um sich allein aufrecht halten zu können. Es war wirklich sehr mühselig und Gheorghe und Pamfil haderten einmal mehr mit ihrem Schicksal.

Dann endlich sahen sie, in der Ferne, die erhellten Fenster der Burg.

»Wir sind spät«, nuschelte Gheorghe und schielte zu Pamfil. »Wenn wir Glück haben, spießen sie uns nicht auf.«

»Ha!« Pamfil spuckte aus. »Vielleicht häuten sie uns aber auch bei lebendigem Leib. So wie Valeriu im letzten Jahr.«

»Weil er gewildert hatte.« Gheorghe erinnerte sich ungern an die Begebenheit. Doch die grauenhaften Bilder, als die Schergen Valeriu festhielten, während der Scharfrichter zum ersten Schnitt ansetzte, und die Erinnerung an die Schreie und unmenschlichen Laute, die der Gequälte dabei von sich gegeben hatte, würde er niemals vergessen.

Die Mädchen weinten und schluchzten derweil so bemitleidenswert, dass es jemandem mit dem Herz auf dem rechten Fleck genau dieses zerrissen hätte. Nicht aber Gheorghe oder Pamfil.

»Noch ein Mucks, Zina, dann holen wir uns morgen deine Familie!« Gheorghe bleckte seine verfaulten Zähne und zeigte ein widerliches Lächeln. »Übermorgen deine Mutter, Iulia. Macht nur so weiter und schreit und heult, dann sind alle mausetot!«

Die Mädchen verstummten augenblicklich. Nur noch vereinzelt war ein leises Schniefen zu hören.

An der Abzweigung nach Bulzu liefen sie weiter geradeaus, immer an der Burgmauer entlang. In einiger Entfernung zum Haupttor machte die seltsame Gruppe einen Schwenk nach links und stahl sich durch den schmalen Durchlass, der sonst nur für niedere Bedienstete zur Verfügung stand. Gheorghe kannte man zwar in seiner Eigenschaft als Leibdiener des Herrn, aber die entführten Mädchen und Pamfil durften nicht gesehen werden. Sie schritten den ausgetretenen Pfad weiter in Richtung Burg, die nur noch einen Katzensprung entfernt war.

»Still!«, mahnte Gheorghe, da Pamfil wie ein Ross beim Pflügen schnaufte. »Sie werden noch auf uns aufmerksam, sei kein Idiot!«

Der Gescholtene versuchte seinen Atem zu beruhigen, was ihm misslang, es fehlte ihm an Kondition. Doch selbst Gheorghe, erstaunlich beweglich für sein Alter, bekam nach diesem anstrengenden Marsch im strömenden Regen und immer bergauf schwer Luft. Allerdings rasselte und fiepte er nicht, wie Pamfil es tat.

»Da ist schon die Tür zum Keller.« Gheorghe nickte in Richtung des Eingangs. »Gleich ist es geschafft.«

Leise und vorsichtigen Schrittes trugen die beiden Männer die Mädchen durch den unbewachten Nebeneingang in die Gewölbe. Nur zwei Fackeln erleuchteten die ausgetretene Treppe und so mussten sie Acht geben. Unbeirrt liefen sie die schmalen Stufen hinab. Die Mädchen taten keinen Mucks.

Unten angekommen, wandten sich Pamfil und Gheorghe nach links. Dorthin, wo viele Fackeln in Halterungen an den Wänden steckten und den Teil des Weinkellers erleuchteten, in welchem der Fetească neagră gelagert wurde, die Spezialität des Hauses Cel Bătrân.

Es war kalt hier unten im Gewölbe. Die Wände waren weiß gekalkt und feucht. Es roch modrig und der stechende Gestank von Schimmel mischte sich unter den restlichen Mief des Gemäuers. In sämtlichen Gängen lagerten Weinfässer. Direkt vor Pamfil, Gheorghe und den Mädchen breitete sich ein imposanter Bogengang aus, in dessen Mitte ein Altar stand. Vor diesem Altar warteten ein Fassbinder und ein Mönch.

Der Ordensbruder würde die jungen Mädchen, mit Hilfe des Küfers, auf das bevorstehende Ritual vorbereiten. Dieser, eigentlich verantwortlich für die Herstellung der Fässer, die nur aus besonders edlen Hölzern gebaut wurden, half wie die letzten Jahre auch, bei der Durchführung des Rituals. Und er war zugleich mitverantwortlich für alle anderen Hilfsmittel, die diesen Wein, auch in diesem Jahr, herausragend machen würden.

Der Mönch nickte Pamfil und Gheorghe knapp zu und deutete danach auf den Altar. Diese Geste war eigentlich unnötig, denn dieses Prozedere kannten beide Männer ebenso auswendig wie der Küfer und der Mönch.

Sie legten die beiden zitternden und zu Tode geängstigten Mädchen auf den Altar, wie schon so viele andere vor ihnen, und traten ein paar Schritte zurück. Der Mönch drückte Pamfil und Gheorghe jeweils eine Münze in die Hand, die sie unter vielen Bücklingen und gemurmelten Danksagungen annahmen. Dann verließen sie, ohne ein Wort zu verlieren, das Gewölbe.

Draußen angekommen, stahlen sie sich erneut durch den hinteren Ausgang des Gemäuers.

Schweigend eilten sie zur Landstraße. Erst dort schwatzte Pamfil drauflos.

»Gheorghe! Wie lange machen wir das schon?«

Er suchte in der Dunkelheit den Blick seines Schwiegervaters, aber dieser ignorierte ihn, hielt den Kopf gesenkt.

»Du weißt, wie lange du es machst und ich weiß, dass ich es mache, seit ich die Mutter deiner Frau geheiratet habe. So ist das eben in der Familie.«

»Aber es kann doch nicht sein, dass wir bis heute noch nicht wissen, was mit den Mädchen geschieht, die wir hierherbringen. Und weshalb dürfen wir sie vorher nicht anrühren? Wenigstens ein bisschen Anfassen zur Belohnung. Oder mal über ihnen abspritzen. Es ist doch nicht in Ordnung, dass wir ...«

»Jetzt halt doch endlich den Mund!«, schnauzte Gheorghe ihn an und verlieh seinem Missmut durch eine leichte Ohrfeige mit dem Handrücken Nachdruck. »Du hast meine Tochter. Benutz sie für deine Sauereien. Ich hoffe, sie prügelt dich jedes Mal danach durch die Hütte!«

Pamfil hielt den Mund.

***

Im Morgengrauen böte sich demjenigen, der gewagt hätte zuzusehen, ein seltsames Schauspiel vor den Mauern der Burg.

Am oberen Hang, dort wo der Fetească neagră angebaut wurde, lagen zwei Mädchen im nassen Sand. Eine rothaarig, mit blasser Haut, kaum 12 Jahre alt. Die andere etwa ein Jahr älter, mit langem schwarzem Haar und ebenso fahl. Die Lippen hatte man den beiden mit inzwischen getrocknetem Blut angemalt und die Augenlider mit Kohle schwarz gefärbt.

Beide steckten bis zum Hals in einem Sack, der direkt unter der Kehle mit einem schwarzen Samtband zugeschnürt war.

Ein grotesker Anblick, zu dessen Vervollkommnung ein Mönch in rubinroter Robe und ein nackter, frierender Mann beitrugen.

Rund um die Rebstöcke am Hang waren zusammengenähte Schweinedärme in einem endlosen Strang angebracht, in die in regelmäßigen Abständen kleine Löcher gestochen waren.

»Es wird nicht reichen für alle«, seufzte der Mönch und griff nach einem Messer. »Nur zwei dieses Jahr, das ist zu wenig. Wir werden Gheorghe austauschen müssen. Er taugt kaum noch zu etwas und sein dusseliger Schwiegersohn ist auch nicht besser. Der ist obendrein ein Risiko. Irgendwann hat er sich nicht mehr im Griff und rührt die Jungfrauen an.«

Der Fassbinder nickte mit ernster Miene und legte die Mädchen in Position.

»Nein, es wird nicht reichen, dieses Jahr.«

»Und wenn wir nächstes Jahr das Blut von den Schweinen nehmen?«

Der Mönch schritt auf die beiden jungfräulichen Opfer zu, die, vom Schlafschwamm betäubt, alles willenlos über sich ergehen ließen.

Der Fassbinder nickte erneut und schaute zu, wie der Mönch ein dünnes Schilfrohr mit seinem Messer zuspitzte. Dann kniete sich der Mönch vor die beiden jungen Mädchen, schlug ein Kreuzzeichen und stimmte einen sakralen Gesang an.

Die Opfer taten ihm leid. Trotzdem tat er, was ihm befohlen war. Er zertrennte den Sack ein wenig um Zinas linke Hand freizulegen. Dann ein kleiner Schnitt mit dem Messer in die Pulsader der Hand, schnell das dünne Rohr in die Wunde geschoben und mit festem Leinen zusammengebunden. Auf die gleiche Weise verfuhr er mit Iulia. Dann lief das Blut wie jedes Jahr durch die Schweinedärme, spritzte aus den Löchern und floss zäh und träge die Hänge hinab.

***

Die Ernte würde den Fürsten nicht zufrieden stellen. Köpfe würden rollen. Gheorghes und Pamfils zuerst.

Der Aberglaube, dass das Vergießen von Jungfrauenblut den Fetească neagră, die schwarze Mädchentraube, zum angeblich besten Wein in der bekannten Welt machte, hielt sich seit Generationen hartnäckig. Jahrzehntelang wurden kurz vor der Weinlese Jungfrauen im ganzen Land entführt und an den Weinhängen der verschiedenen Regionen zur Ader gelassen.

Die Hoffnung, diesem blutigen und unmenschlichen Ritual endlich ein Ende zu bereiten, ruhte nun auf Vlad II. Dracul, dem unehelichen Sohn des Mircea cel Bătrân.

CLEM C SCHERMANN

NO FACE

Episoden über Empyrions Inferno

Die vor dem Durchgang schlaff über Kreuz gespannten, rot-weiß gestreiften Absperrbänder aus Plastik sind ein ums andere Mal erneuert worden. Irgendwann hatten die Ordnungshüter damit aufgehört, die alten zerrissenen Bänder zu entfernen. Lustlos, dreckig und zerfetzt hängen sie seitlich von dem Kreuz am Rahmen des Durchgangs, der in die tiefe Schwärze des Stollens führt.

Ich schaue nach links und rechts in die dunkle, schmutzige Gasse - *oder sollte ich besser Gosse sagen?*. Überall lungern die Gescheiterten dieser Stadt herum. Teilweise im Freien, teilweise hinter Wellblechen und Sperrholzwänden. Weiter unten pulsiert in extremem Kontrast das Leben dieser Stadt in all ihren schillernden Farben, ihrer monoton hektischen Dynamik und ihrem irren Orchester der Geräusche, die allerdings nur dumpf bis zu mir vordringen.

Niemand hier schenkt mir Beachtung.

Vielleicht hat sie sich deswegen hier versteckt? Idealer Ort. Irgendwie.

Nach einem letzten prüfenden Blick nach beiden Seiten tauche ich durch das Kreuz in die Dunkelheit ein. An meinem Handy schalte ich den Blitz als grelles Taschenlampenlicht an, das vor mir auf die düsteren Mauern fällt. In seinem Schein werfen die kargen Oberflächen mit ihren tiefen Furchen und Rissen lange und kontrastreiche Schatten auf den gebrochenen Stahlbeton und die verbogenen Stützpfeiler. Sie glitzern im Licht, verursacht durch Schwitz- und Kondenswasser, das in schmalen Rinnsalen durch die geborstenen Wände fließt oder in Tropfen herabregnet und sich in kleinen Lachen am Boden sammelt.

Nach einigen Metern verläuft die Gasse leichte nach rechts. Sie - und ich mit ihr - duckt sich unter der Drohung einer schrägen, brüchigen Wand. Finstere verzogene Fensterlöcher starren erdrückend auf mich herab.

Verdammt, was ist hier eigentlich passiert? War das wirklich nur ein Einsturz, wie Niao erzählt hat? Warum haben sie das nicht mal vernünftig abgestützt?

Langsam und vorsichtig stolpere ich über Trümmer und Schlaglöcher durch den Korridor, der enger und immer enger wird. Mittlerweile sind die Geräusche der Stadt hinter mir nicht mehr zu hören. Nur das Plätschern der Pfützen unter meinen schweren Stiefeln und mein Atem dringen an meine Ohren. Eine eisige Kälte wird mir plötzlich bewusst, als sie durch meine nassen Stiefel und Strümpfe an meinen Füßen leckt. Sie jagt mir unerwartet Schauer über den Rücken und richtet mein krauses Nackenhaar auf. Ich bleibe stehen. Die Enge ist beängstigend. *Ist es meine Angst oder dieser Ort, die mich erschauern lassen?* Ich atme tief durch und mache mir selbst Mut. *Was No Face kann, kann ich auch. Na los, Ndeye, Du packst das!* Jetzt, nach wenigen Augenblicken, höre ich nur noch, wie einzelne Wassertropfen die Stille durchbrechen.

Während ich Kraft tanke, fällt das Licht meiner 'Taschenlampe' durch einen Durchgang, der mich verwirrt. Nein, nicht ganz richtig. Es ist weniger der Durchgang, sondern mehr der ruinöse Raum dahinter, der mir Unbehagen verursacht. Lose Mauerstücke und Steine liegen nicht auf dem Boden, sondern ... *hängen an der Decke?* Ich bemerke auch ein dünnes Rinnsal, das sich am Rande des Lichtscheins aus einem Spalt aus dem Boden löst und über die gegenüberliegende Wand nach oben fließt. Dort sammelt es sich zwischen den Steinen an der Decke, schlängelt sich von dort in einem neuen Bächlein bis zur Tür, um dann in einzelnen Tropfen vor meine Füße zu fallen. *Ganz schön kranker Scheiß. Der Schaden in diesem Viertel ist größer, als Niao gesagt hat. Sogar die Gravitationsmodulatoren funktionieren nicht mehr richtig.*

Ich taste mich weiter in dem höhlenartigen Gang unter den Ruinen voran. Vor mir glitzert nach einiger Zeit eine schwache Reflexion an den feuchten Wänden. Dieser Anblick verschafft mir ein Gefühl der Erleichterung und ich nähere mich einer Öffnung zwischen den eingestürzten Wänden.

Es hat etwas Erlösendes, als ich in einen kleinen Hof trete. Auch hier neigen sich die Gemäuer auf der linken Seite gefährlich über den Raum. Die Mitte und der rechte Flügel sind relativ frei geräumt. Aus einfachen Verschlägen, die mit notdürftig und behelfsmäßig zusammengewürfelten Baumaterialien errichtet wurden, fällt etwas Licht in den Hof. *Ist No Face etwa hier?*

»No Face?« Niemand antwortet.

Es verstecken sich unbekannte Gestalten in den Verschlägen. Ich höre, wie sie flüstern und miteinander tuscheln. Und obwohl ich sie nicht sehen kann, spüre ich ihre neugierigen, dämonischen Blicke, wie sie meine dunkle, verschwitzte Haut mustern. Ich wische mir den Schweiß von der Stirn und rufe nochmal: »No Face?«

Keine Antwort. *Hat sie sich wirklich hier versteckt? Noch tiefer in den Ruinen? Aber warum? Gerade hier?*

Die Luft ist stickig. Sie steht still und ist trotz des allgegenwärtigen Kondenswassers trocken. Hier gibt es keine Ventilation, die den im Hof stehenden Gestank austauscht oder wenigstens umwälzt. Auch meinem Mund fehlt Spucke.

Ich sehe wieder zu den Verschlägen. Die hinter ihnen verborgenen, feigen Augen durchbohren mich förmlich. Ich bin schutzlos und nackt diesem Starren ausgeliefert. *Nein, sie ist nicht hier. Hier würde ich mich ja schließlich auch nicht verstecken.*

Ich erinnere mich an meinen letzten Entführungsfall aus einer Zeit, als ich königliche Marshallin gewesen war. Die wichtigsten Informationen hatte ich damals von No Face erhalten, die sie mir, wie üblich, auf meinen Taschencomputer als Sprachnachricht übermittelt hatte - verschlüsselt hinter unserem Passwort. Sie war meine wichtigste Informantin in diesem letzten Einsatz gewesen. Wie in so vielen Fällen auch, obwohl wir uns nie persönlich begegnet waren. Ihre Hinweise führten mich oftmals in Stadtviertel wie dieses - nur nicht in derartige Ruinen.

Jetzt bin ich auf dem besten Weg, wieder ein echter Cop zu werden, und Pjotr erzählt mir von No Face und ihrem Versteck. Vielleicht hat sie gedacht, dass das die beste Gelegenheit wäre, wieder mit mir in Kontakt zu treten - wie in den guten alten Zeiten. Nur diesmal sogar persönlich. Pjotr hat mir gesagt, dass sich No Face, oder No Fais, *wie er es mit seinem starken Akzent immer ausspricht, hierher zurückgezogen haben soll. Und er gab mir diese Adresse.*

Ich suche die Mauern nach Hausnummern ab. *Ja, das passt. Ich bin hier richtig - oder fast richtig.* Leider *nur fast richtig. Ich muss noch ein Stück weiter als nur bis zu diesem Hinterhof.*

Schon komisch. Was sie kann, sollte ihr doch ohne weiteres ermöglichen, sich in aller Öffentlichkeit verborgen zu halten - und nicht hier, in der Einsamkeit dieses ... Drecks. Warum ausgerechnet hier?

Ich behalte die behelfsmäßigen Hütten der Straßenbewohner im Auge, während ich langsam durch den dunkleren Teil des Innenhofs zum gegenüberliegenden Durchgang gehe.

Wieder umfängt mich die Finsternis einer noch tiefer in die Ruinen führenden Gasse. Das Licht des Handys zeigt mir den Weg. Der Zustand der Wände ist hier sogar noch schlechter als im ersten Durchgang. Fenster oder Türen sind kaum mehr zu erkennen. Alles ist zertrümmert. Die Häuser und Einrichtungen sind ein gewaltiger amorpher Schutthaufen, durch den sich diese Gasse wie eine Höhle hindurchschlängelt. Nur Träger, Rahmen und völlig deformierte Wandverkleidungen bezeugen noch, dass hier einmal jemand gewohnt hatte und dieser Ort nicht bloß eine Schutthalde aus losem Gestein war.

Während ich mich wie eine Höhlenforscherin Schritt für Schritt voran wage, verliere ich auf einzelnen Teilstücken immer mehr die Orientierung, auch weil sich die Welt um mich herum plötzlich dreht. Mir wird sogar richtig übel, als sich die Gravitation über eine längere Strecke fast vollständig auflöst und ich mich nahezu schwerelos durch diesen Abschnitt hindurch winden muss.

Die Ruinen in den tieferen Sektoren sind zunehmend rußgeschwärzt. Und obwohl der Brand schon lange vorbei ist, der hier wütete, schmecke und rieche ich den beißenden Rauch noch immer - alt, abgestanden, und noch immer hoch entzündlich. *Meine Güte.*

Plötzlich höre ich flüsternde Stimmen zwischen den zermalmten Steinen - dicht hinter mir. Ich bleibe erstarrt stehen und drehe mich langsam um. Mein Licht schwenke ich dabei in die entsprechende Richtung. *Da! War das eine Bewegung?* Ich schalte das Licht aus und drücke mich zwischen zwei Felsen. Ich lausche. Nichts. Nur mein Atem. *Da! War das ...?* Angestrengt konzentriere ich mich. Ich halte die Luft an. Nach und nach merke ich, wie mein Zwerchfell zu rebellieren beginnt. Mein Herz pocht lauter und lauter. Aber außer meinem Puls höre ich nichts. Ich stoße die angehaltene Luft mit einem leisen Stöhnen aus und atme dann mehrmals tief ein. *Da ist nichts. Mach' dich nicht verrückt!*

Ich gehe weiter - nein, ich flüchte, weil ich wieder diese bohrenden Blicke in meinem Rücken spüre.

Schließlich erreiche ich, vollkommen außer Atem, einen Durchbruch und zwänge mich durch diesen Riss in die dahinterliegende Finsternis. Dabei spüre ich einen jähen Griff an meinem Hosenbein. Ich kreische und trete nach hinten aus, während ich versuche, mich mit meinen Armen durch die Öffnung zu ziehen. Dann stürze ich zu Boden und blicke gehetzt zurück. Mein Handylicht taucht in die tiefe Dunkelheit ein und durchbricht sie zum Teil, während sich meine Hand krampfhaft am Holster meines Revolvers festhält und mir dadurch zumindest etwas Zuversicht verleiht. Langsam richte ich mich auf. *Da!* Mein Licht wird von einem Körper unmittelbar hinter der Öffnung reflektiert.

»Ich bin bewaffnet! Komm nicht näher!« Aber niemand antwortet. Vorsichtig suche ich den Durchgang ab. Und dann sehe ich, was mich festgehalten hat: ein steifer, alter Kabelbaum, an dem Schwitzwasser herabläuft. Sonst ist hier nichts und niemand.

Ich verschnaufe und versuche, die alte, muffige Luft nicht allzu tief einzuatmen. Deshalb wickele ich mir einen Schal um Mund und Nase und gebe mich der Illusion hin, dass dies wenigstens etwas hilft.

Der Lichtkegel meines Handys erhellt meine unmittelbare Umgebung und ich schaue mich aufmerksam um. Ich befinde mich in einer Sackgasse, die wie eine zerfurchte Höhle aussieht und diesen Stollen definitiv abschließt. Um mich herum ragen Stahlträgergerippe ehemaliger Gebäude mit ihren geborstenen und rissigen Betonfüllungen auf. Wie ein Monster mit verzerrtem Maul und zwei schiefen Zähnen grinst mich aus einer dunklen Ecke eine stark deformierte Stahltür an. Rechts daneben zwinkern mir schmale Schlitze vergitterter Fensterrahmen traurig zu. Darunter liegen im Staub und Dreck kleine und große Glassplitter, die ihren Glanz bereits vor langer Zeit verloren haben.

Und hier soll sich No Face verstecken? Ein merkwürdiger Ort. Kein Strom, kein sauberes Wasser. Irre schwer, an Zeug und was auch immer heranzukommen. Pjotr, hast du mir falsche Daten gegeben? So wie damals, als ich als Cybersecurity-Agent einem Hacker im Netz nachstellte und nicht seinen Mainframe, sondern den eines Web-Porno-Stars attackierte, weil du in einer Koordinate der IP-Adresse einen Zahlendreher hattest? Du schuldest mir etwas, wenn das hier vorbei und wieder so ein Mist ist.

Ich sehe mir die Ruine weiter an. Das erste Stockwerk ist unter dem Gewicht des Gerölls teilweise eingestürzt. Lagen aus Kunststoff, die mich und jeden Anderen in diesem Teil der Stadt mit nur wenigen Zentimetern Dicke vor dem sicheren Tod durch das Weltall schützen, halten Felsen, loses Geröll und Teile der zerstörten Architektur fest. *Es ist nur eine Frage der Zeit, bis es spröde und rissig genug ist, um den natürlichen Kräften nachzugeben. Was hat Niao gesagt? Das Unglück liegt etwa 15 Jahre zurück? Was wohl mehr kostet? Die Restauration dieser Schutzschichten oder der Verlust der Menschenleben in diesem Ghetto?*

Zufällig entdecke ich ein Schild, das unweit von der Tür am Boden liegt. Ich hebe es auf und wische mit meiner Hand ein paar Mal über die Oberfläche, um den Schmutz zu entfernen. Das königliche Wappen der Marshalls erscheint. Es ist in die Leichtmetallplatte eingeprägt. Sie ist vom Sturz und den Mauerresten, die über sie gerollt und gerutscht sind, leicht deformiert. *Sieh an! Hier hatten die Marshalls*

also einmal eine Station. Merkwürdiger Humor, No Face. Um
der alten Zeiten Willen, oder wie?

Vorsichtig betrete ich die ehemalige Polizeistation
und schaue mich um. Sowohl im Foyer als auch im
dahinterliegenden Großraumbüro sind nur wenige
zertrümmerte Möbel zurückgelassen worden.
Ansonsten wurde alles, was irgendeinen Wert oder
Nutzen hatte, ausgeräumt. *Muss lange her sein, wenn ich*
mir die Staubschicht am Boden so ansehe.

Nur mit meinem kümmerlichen Handylicht
ausgestattet, das von der tintenschweren Dunkelheit
fast vollkommen verschluckt wird, komme ich mir in
den Weiten dieser Räume verloren vor. Die
geborstene Decke, die wie Stalaktiten
herabhängenden Kabelbäume und Lichtanlagen und
letztendlich die gähnende Tiefe der niedrigen Räume
lassen in mir ein äußerst beklemmendes Gefühl von
Klaustrophobie aufkeimen. Die Kälte dieses toten
Ortes hat mittlerweile meine Knochen erreicht und
lässt mich zittern. Aber ich gehe weiter und lasse mich
nicht aufhalten. Und das, obwohl meine Zweifel, No
Face hier zu finden, mittlerweile fast ins
Unermessliche gestiegen sind.

Niemals kannst du hier sein, No Face, niemals. Hier ist nichts und niemand. Entweder bist du tot und ich komme zu spät, oder du hast hoffentlich wenigstens einen Hinweis hinterlassen, wo ich dich finden kann. Du hast vielleicht Nerven. Echt jetzt.

Im schwachen Lichtschein finde ich keine einzige Stelle im Erdgeschoss, die zu irgendeinem Zeitpunkt als Lager oder Zuflucht benutzt worden war. Und das gealterte Paar aus Ruß und Staub zeigt nirgends Anzeichen davon, dass sich hier in letzter Zeit irgendjemand aufgehalten hat, geschweige denn noch aufhält. *Kein Zweifel. Ich bin die erste, die seit langem diese Räume betreten hat.*

Schließlich erreiche ich eine Treppe, die sowohl nach unten als auch nach oben führt. Am oberen Ende, im ersten Stock, erkenne ich im Lichtschein einen dicken Kunststoffteppich, der den Zugang abdichtet. *Hier gibt es also kein Durchkommen. Dann eben nach unten.*

Nach wenigen Stufen stehe ich im abgestandenen und kalten Wasser, das sich hier über die Jahre hinweg aufgestaut hat. Bis knapp über meine Knie reicht es, als ich das Kellergeschoss betrete. Die bis vor kurzem spiegelglatte Fläche des Wassers wird durch mein

Eindringen erst langsam und dann immer mehr in Bewegung gebracht.

Es ist nass. Es ist kalt. Es ist ekelhaft. Die Kälte schüttelt mich und ich stöhne leise auf. *Niemals hält sie sich hier unten auf. Niemals. Wo hast du mich bloß hingeschickt, Pjotr? Der Gefallen, den du mir schuldest, wird immer größer.*

Nach nur wenigen Schritten will ich bereits umkehren. Aber ich stoppe. Lausche in das abgrundtiefe Dunkel hinein. *Da ist etwas.* Ein leises, sonores Brummen. Unbegreiflich nah und doch unerreichbar fern. Mit dem Licht suche ich die Dunkelheit ab. Aber da ist nichts außer die schemenhaften Formen und Umrisse von Wänden und Durchgängen.

Ich gehe tiefer ins Untergeschoss. Weil ich den Boden unter Wasser nicht sehen kann, taste ich mich langsam voran. Die Kälte wird immer unerträglicher, während sie meine Füße und Waden taub macht und mir meine letzten Kräfte aussaugt.

Dann erreiche ich die Tür zu einem Geräteraum. Ein alter Aufkleber mit einem Blitz darauf warnt vor

Stromspannung. *Hier ist aber doch nichts mehr, was Spannung verursachen könnte. Hier ist alles tot.*

Die Tür lässt sich nicht öffnen. Ein Sicherheitsschloss verriegelt sie und versperrt den Zutritt. Das Brummen ist nun deutlicher zu hören. Es kommt zweifellos aus dem Geräteraum.

Oberhalb der Tür ist ein engmaschiges, schmales Gitter zu sehen. Es ist zwar nur ein Verdacht, aber ich schalte mein Licht aus und warte kurz. Meine Vermutung ist richtig. Als sich meine Augen an die Dunkelheit gewöhnt haben, erkenne ich ihn. Er ist da, ein ganz schwacher, leicht grünlicher Lichtschimmer, vermutlich von LEDs oder Kontrolllichtern, reflektiert sich im Gitter.

Ich schalte das Handylicht wieder ein und ziehe aus meiner inneren Brustjackentasche ein schmales Etui. Ich nehme zwei schmale Multifunktionsdietriche heraus, mit denen ich mich umgehend an dem Schloss zu schaffen mache. Nach mehreren Minuten muss ich aber aufgeben. Es ist einfach zu dunkel und zu kalt. Mittlerweile zittere ich am ganzen Leib und kann mich dadurch kaum auf die Mechanik der Schließvorrichtung konzentrieren. Ein derartiges

Schloss zu knacken, erfordert viel Fingerspitzengefühl. *Okay, dann eben auf die harte Tour.*

Ich zücke meinen Revolver, trete ein paar Schritte zurück und gebe mehrere Schüsse auf das Schloss ab. Der Knall jedes einzelnen Schusses ist in diesem engen Gewölbe schmerzhaft und ohrenbetäubend, wodurch ich längere Zeit ein Pfeifen in den Ohren habe. Ich starre auf das Ergebnis: Zwei direkte Treffer auf dem Schließmechanismus und zwei weitere ober- und unterhalb davon. Das Schloss ist also zerstört. Mit mehreren beherzten Schulterstößen versuche ich, die Tür zu öffnen. Dabei bemerke ich erst, dass die Scharniere sich auf meiner Seite befinden. Also reiße ich jetzt an der Tür, bis sie endlich nachgibt.

Vor mir liegt ein kleiner Technikraum. Und schon auf den ersten Blick merke ich, dass etwas nicht stimmt.

In der dem Eingang gegenüberliegenden Ecke steht ein alter Serverschrank. Ein einfaches Gittergerippe, in das Schacht für Schacht Servergehäuse unterschiedlicher Größen eingehängt sind. Sie sind an einen Transformator angeschlossen, der direkt mit der dahinterliegenden Stromzufuhr des

Gebäudes verbunden ist. Aber die Kontrollleuchten zeigen, dass hier kein Strom mehr fließt.

Der Serverschrank ist leicht erhöht angebracht. Gerade hoch genug, dass das Wasser nicht an die elektronischen Geräte heranreicht.

Daneben sitzt eine Gestalt mit dem Rücken zu mir an einem Tisch. Der Oberkörper ist nach vorn gebeugt und ruht auf der Tischplatte. Das Wasser reicht der Person bis knapp über die Hüfte, wo weiße, faserige Fetzen auf der Oberfläche treiben. Schütteres, langes Haar schimmert im Licht meines Handys. Ich erschrecke kurz bei dem Anblick, bin aber auch irgendwie gefasst.

»No Face?«

Ich bekomme keine Antwort. *Sie hat sich bis jetzt nicht bewegt, auch nicht, als ich die Tür aufgezogen habe. Sie ist bestimmt tot.*

Ich bin fassungslos und lehne mich an den Türrahmen. Die Kälte - vergessen. Die Mühen, um hierher zu kommen, verblassen angesichts dieser traurigen Begegnung. Mein Herz rast, während mein Atem nahezu stillsteht. *No Face, warum nur?* Der Schock lähmt mich, bis ich heftig nach Luft ringe. Dabei schießt mir ein Gedanke wie ein Blitz durch den Kopf und ich schreie gequält: »Ndeye, Fokus! Konzentriere dich! Untersuche den Tatort!« *Keine Ahnung, ob das ein Tatort ist. Aber es ist nicht die erste Leiche, die ich sehe. Ich muss herausfinden, was passiert ist. Ich muss mich ablenken.*

Ich nähere mich dem Kadaver und betrachte die Gestalt von der Seite. Die ledrige und eingefallene Haut spannt sich mit tiefen Furchen über die Gesichtsknochen. Sardonisch grinsend küsst der bärtige Mund die Tastatur eines alten Notebooks.

Es ist also doch nicht No Face. Ich atme auf und konzentriere mich. *Okay, No Face ist eine Frau.* DAS *ein Mann. Also* NICHT *No Face.* Ich zwinge mich, mich von diesen Tatsachen zu überzeugen. Ich bin spürbar erleichtert. *Und was hat der hier gemacht? Etwas, was No Face wahrscheinlich nie gemacht hätte.* Die Augen des gesichtslosen Leichnams starren ins Leere. *Mann, was hast nur du getan? Warum hast du dich nicht in Sicherheit gebracht? Wie lange bist du wohl schon hier unten?*

Vorsichtig ziehe ich den Oberkörper nach hinten und drücke ihn sanft gegen die Stuhllehne. Dabei sehe ich auf seiner Brust die Polizeimarke. *Ein Marshall, oh* …

»NEIN!« Ich versuche noch, den Mann zu halten, aber er entgleitet mir und fällt in meine Richtung. Dann schwimmt der Oberkörper auf dem Wasser wie eine leblose Puppe. Ich springe zurück und blicke entsetzt auf den Stummel der Wirbelsäule, der aus der verbliebenen Körperhälfte auf dem Stuhl aus dem Wasser ragt. Langsam treibt der Oberkörper aus dem Lichtschein meines Handys. Ich muss würgen.

Ich werde mich nie an solche Anblicke gewöhnen. Aber meine bisherigen Erfahrungen diesbezüglich haben mich zumindest genug abgehärtet, so dass ich mich schnell wieder fasse und mir nur noch leicht schwindelig ist. Ich versuche mich von dem Gedanken zu befreien, dass die eine Hälfte des Toten noch auf dem Stuhl im Wasser sitzt, während die andere durch den Keller treibt.

Auf dem Tisch steht ein uraltes Notebook. Es ist mein rettender Anker, um mich von der verstümmelten Leiche des Marshalls abzulenken. Ich schaue mir das Gerät genauer an; es ist durch mehrere Kabel mit einem der Servergehäuse verbunden.

Die meisten Einheiten sind allerdings ohne Strom. Nur der größte Server ist noch in Betrieb. *Wie ist das möglich? Ist der Strom erst vor kurzem endgültig abgeschaltet worden? Batterien halten doch niemals ...? Niao hat nichts von dieser Dienststelle erwähnt. Wie lang war sie nach der Katastrophe ...? Ach, egal. Jetzt bin ich hier. Alles andere spielt jetzt eh keine Rolle ... mehr.*

Zwei grüne LEDs leuchten schwach. Ein einzelner, verstaubter Lüfter rotiert und erzeugt jenes Brummen, das mich angelockt hatte.

Meine Neugier an diesem Server ist endgültig geweckt. *Ein Relikt, ein alter Polizeicomputer. Das ist der reine Wahnsinn!* Als wäre ein Schalter an mir umgelegt worden, bin ich plötzlich euphorisch und begeistert. Ich hole mein eigenes Notebook aus meiner Umhängetasche hervor und suche hektisch nach geeigneten Kabeln, um dieses ebenfalls mit dem Server zu verbinden.

Sowohl die Kabel am alten Notebook des Toten als auch meine eigenen helfen mir weiter. Es gelingt mir schließlich, den Server an mein Notebook anzuschließen.

Ich registriere, dass die Batterien kaum noch Strom haben, also versorge ich den Server über ein weiteres Kabel mit dem Akku meines Notebooks. Ich weiß, dass das alles nur für wenige Minuten reichen wird, aber es wird genug sein, um zu sehen, ob der Server noch einsatzbereit ist.

Ich ändere die Bootsequenz meines Notebooks und fordere es auf, über die quantale Schnittstelle eine dualbinäre zu simulieren, um damit das Fremdsystem zu booten und gleichzeitig als Betriebssystem zu akzeptieren. Mein bläulich strahlender Holobildschirm projiziert Zeile um Zeile die Bootsequenz des Servers. Gebannt schaue ich die Informationen an und erinnere mich noch dunkel an die Standards dieser Server von vor über 20 Jahren. Mir wird zunehmend mulmig, weil eine Fehlermeldung nach der anderen angezeigt wird. Ich befürchte, dass der Server zu nichts mehr zu gebrauchen sein könnte.

Dann wird der Bildschirm dunkel und mein Herz rutscht mir in die Hose.

Ich warte gespannt, ob eine rudimentäre grafische Oberfläche oder wenigstens die Kommandozeile wieder geladen wird. Aber es passiert nichts. Einfach gar nichts. Meine Finger nesteln nervös an den Kabeln herum.

Plötzlich taucht eine kurze Begrüßungszeile auf dem Terminal auf. Völlig gleichgültig blinkt das

Prompt-Zeichen. Ich muss unweigerlich an Pjotr denken und spüre eine unbegreifliche Erleichterung.

Auf dem Display steht: »Welcome to <N>etwork <O>perations <F>or <A>rtificial <I>ntelligence <S>urveillance (R) V. 4.002.12.11258.3883 by Brenkenhoff Systems, Incorporated (R). Enter Password:_«

»No Fais?«, flüstere ich hoffnungsvoll und erleichtert. Mir wird warm ums Herz und ich gebe unser Codewort ein.

Der Bildschirm wird erneut schwarz und wieder jagen sich Fehlermeldungen aller Art. Die letzte lautet: »Audio-Dev: failed«. Dann wieder ein blankes Bild mit einsam blinkendem Prompt, der plötzlich eine kurze Zeile anzeigt: »Hello Ndeye_«, begrüßt mich NOFAIS.

Natürlich. Jetzt verstehe ich. Ihre vielen guten Hinweise von früher. Das waren nicht die glanzvollen Leistungen einer Ermittlerin gewesen, sondern die Ergebnisse dieser schon damals leistungsfähigen Künstlichen Intelligenz. Nur ist mir das wegen des gleichen Klangs ihrer Namen nie aufgefallen, wenn sich mir No Fais *als* No Face *vorstellte.*

ALEXANDER KÜHL

EMMA

Claus beeilte sich mit der Dekoration für die Geburtstagsparty seines Sohnes, denn er erwartete ihn jeden Augenblick. Vorsichtig trug er die Torte zum Esstisch und platzierte sie in der Mitte. Nun musste er nur noch die zwölf Kerzen anzünden und dann könnte Jesper ruhig nach Hause kommen. Claus warf einen unruhigen Blick zum Telefon, da er auf den Anruf seiner Frau Helene wartete. Sie hatten ausgemacht, dass sie sich melden würde, bevor sie mit dem Zug am Bahnhof eintraf, damit er rechtzeitig losfahren konnte, um sie abzuholen.

Seine Frau war geschäftlich in Kopenhagen unterwegs und wollte eigentlich bereits am Vorabend wieder zu Hause sein. Ein Unwetter hatte alle Züge in Kopenhagen ausfallen lassen und die Fahrt am Folgetag lief wegen Unwetterschäden an manchen Gleisanlagen nicht reibungslos ab. Einige Züge wurden sogar ganz gestrichen. Claus hatte seinem Sohn versprochen, dass Mama natürlich spätestens zurück sein würde, wenn er aus der Schule kam. Doch bis jetzt hatte er ungeduldig auf einen Anruf gewartet. Er befürchtete, dass die Strecken vielleicht teilweise noch immer nicht geräumt waren und sich die Fahrt dadurch verzögerte. Vorsorglich hatte er sich bereits die Erklärungen zurechtgelegt, mit denen er aufwarten wollte, wenn sein Sohn aus der Schule kam. Claus hatte den Fernseher nebenbei laufen, als er gerade dabei war, die Kerzen der Torte anzuzünden. Plötzlich zuckte er zusammen, als von einem Zugunglück die Rede war. Vier von zwölf Kerzen waren noch nicht entzündet, als er das Feuerzeug auf den Tisch legte und gegen die Fernbedienung des Fernsehers eintauschte. Er erhöhte die Lautstärke, um in Erfahrung zu bringen, welche Strecke und welcher Zug betroffen waren.

Die Kraft wich aus seinem Körper. Seine Beine fühlten sich wie Gummi an, als er sich dem Fernseher näherte, um im Sessel davor Platz zu nehmen. Sein Puls hämmerte und er stellte fast das Atmen ein, um zu verstehen, was der Reporter am Unglücksort berichtete. Er konzentrierte sich darauf, alle Informationen aufzunehmen.

Es ist ganz sicher nicht die Strecke, die Helene heute fahren wollte, und der Zug schon gar nicht.

Der Reporter berichte, dass sich das Unglück etwa zwanzig Kilometer vor Odense ereignete. Claus musste den Gedanken nun gewähren lassen, dass es sich genau um die Route des Zuges handelte. Es wurde weiter berichtet, dass der Sturm die Strecke so schwer beschädigt hatte, dass der Zug entgleiste. Den Schaden schien wohl niemand bemerkt zu haben, denn die Strecke hätte in diesem fatalen Zustand niemals freigegeben werden dürfen. Die Rede war jetzt von zweiundzwanzig Toten und siebzehn Schwerverletzten. Kalter Schweiß bildete sich auf seiner Stirn, ihm wurde übel. Instinktiv griff er zu seinem Mobiltelefon und wählte die Nummer seiner Frau. Sofort sprang die Mailbox an. Er lächelte, weil er ihre Stimme so gern hörte.

»Leider erwischen Sie mich gerade nicht. Aber hinterlassen sie mir doch einfach eine nette Nachricht, dann rufe ich Sie ganz bestimmt zurück!«

Er beendete den Anruf und wählte geistesgegenwärtig die Telefonnummer, welche im Fernsehen für Angehörige eingeblendet wurde. Er landete in einer Warteschleife. Nervös biss er sich auf die Lippen. Er redete sich ein, dass die Mailbox angesprungen war, weil seine Frau gerade durch ein Funkloch fuhr. *Es musste so sein. Alles andere war einfach nicht akzeptabel, gar unmöglich.*

Es meldete sich jemand am anderen Ende der Leitung: »Krisentelefon der Dänischen Staatsbahn, mein Name ist Frederike Jensen, was kann ich für Sie tun?«

Erik stockte der Atem. Für einen Moment hatte er das Gefühl, dass sein Kopf vollends leer war. Er konnte nicht sprechen oder zumindest keinen Gedanken fassen, den er hätte aussprechen können.

»Hallo? Hören Sie mich?« Die Stimme der Frau hallte in der Leitung. Claus holte tief Luft und schließlich brach es aus ihm heraus: »Mein Name ist Claus Rasmussen, ich rufe an, weil … ich … ich … ich wollte sagen, dass meine Frau Helene heute Früh von Kopenhagen mit einem Ersatzzug Richtung Esbjerg gefahren ist. Sie wäre eigentlich gestern Abend schon gefahren, aber Sie wissen ja … das Unwetter hat alles durcheinandergebracht.«

»Da haben sie recht.« Die Stimme der Frau klang freundlich und beruhigend. »Wie lautete der Name ihrer Frau noch einmal?«

Tief luftholend antwortete er: »Helene Rasmussen.«

»In Ordnung. Ich habe mir den Namen Ihrer Frau notiert und ich notiere mir ebenfalls Ihre Nummer, die ich hier auf dem Display stehen sehe. Wir haben noch gar keinen Überblick, wer alles in dem Zug saß. Sobald wir wissen, ob sich Ihre Frau auch darunter befand und wie es ihr geht, erhalten Sie einen Anruf.«

Für einen Moment war er beruhigt. »Ich danke Ihnen für die Mühe.«

Doch kaum hatte er das Telefon beiseitegelegt, stieg erneut innere Unruhe in ihm auf. Nichts war gut. Es war die Hölle, nicht zu wissen, ob Helene etwas passiert war. Resigniert vergrub er das Gesicht in den Händen, versuchte, einen klaren Gedanken zu fassen, denn schließlich würde sein Sohn Jesper nach Hause kommen. Jetzt gleich! Es war sein Geburtstag und Claus wollte ihn an seinem großen Tag nicht unnötig verunsichern.

»Im schlimmsten Fall ist sie im Zug dahinter und wir müssen sie dann abholen. Die hundertfünfzig Kilometer hin und zurück sollten doch kein Problem sein«, flüsterte er, um sich Mut zu machen. Doch die Ungewissheit gewann die Oberhand. Noch nie war Claus in einer solchen Situation gewesen. Noch nie musste er sich dermaßen um seine Helene sorgen. Immer wieder wollten düstere Gedanken die Barriere durchbrechen, dass alles in Ordnung sei. Er kämpfte dagegen an und es gelang ihm tatsächlich für eine Weile, diese Qualen in seinem Kopf zu verdrängen. Doch plötzlich klingelte das Telefon und all seine Schutzmechanismen brachen wieder zusammen.

»Rasmussen!« Er meldete sich im energischen Ton, als könne er das, was jetzt geschah, damit beschwören, als könne er bestimmen, dass mit seiner Helene alles in Ordnung war.

Am anderen Ende war es für einen Moment still, bis schließlich eine sanfte Frauenstimme sprach: »Herr Rasmussen, hier ist das Krisentelefon der Dänischen Staatsbahn. Sind Sie gerade mit dem Auto unterwegs?«

Claus war irritiert, konnte den Sinn der Frage nicht einordnen und antwortete, ohne weiter darüber nachzudenken: »Nein. Ich bin zu Hause.«

»Setzen Sie sich bitte, Herr Rasmussen!«

Ahnend folgte er ihrer Anweisung.

»Es tut mir sehr leid, Herr Rasmussen, aber ich muss Ihnen mitteilen, dass ihre Frau Fahrgast in unserem Zug war und bei dem Unglück ums Leben kam.«

Claus stockte der Atem. Er bekam keine Luft mehr und hatte das Gefühl, jeden Augenblick sterben zu müssen. Tränen schossen ihm in die Augen und liefen an seinen Wangen hinunter.

»Papa?«

Plötzlich stand Jesper vor ihm. Claus hatte nicht bemerkt, wie sein Sohn das Haus betreten hatte. Er schien zu spüren, dass etwas nicht stimmte. Claus starrte ihn an, dann das Telefon, aus dem die Stimme der Bahnmitarbeiterin drang. Seine Hand öffnete sich, das Mobiltelefon knallte zwischen seine Füße.

Jesper schrie ...

Sechs Monate später.

Jesper saß vor dem Grab seiner Mutter. Es war zu einem täglichen Ritual geworden, dass er bei ihr war. Nachdem die letzte Stunde des Unterrichts beendet war, machte er sich auf den Weg zu seiner Mutter. Unbeirrt hatte er den täglichen Besuch auf dem Friedhof zu einem festen Bestandteil seines Lebens gemacht. Während er im Herbst dafür sorgte, dass jedes vertrocknete Blatt von ihrem Grab verschwand, und es im Winter schneefrei hielt, beobachtete er nun im März, wie der Frühling den Winter verdrängte. Die ersten Blumen wuchsen aus dem Boden. Ihr Anblick zauberte ein zaghaftes Lächeln in das ansonsten traurige Gesicht des Jungen. Kummer hatte nagend von ihm Besitz ergriffen. Immer wieder dachte er an den Tag vor sechs Monaten, als sein Vater ihm unter Tränen beibringen musste, dass seine Mutter nicht mehr nach Hause kommen würde. Er sah seinem Vater in dieser Situation, wie dieser versuchte, stark zu sein. Für Jesper war es die Hölle. Sein hysterischer Schrei war durchs Haus gedrungen, bis das Schweigen einsetzte. Jesper sprach seitdem nicht mehr. Der schrille Ton war das Letzte, was er von sich gegeben hatte. Sein Vater war am selben Abend noch mit ihm ins Krankenhaus gefahren. Jesper erinnerte sich noch ganz gut daran, wie der Arzt versucht hatte, seinen Vater zu beruhigen: »Das ist durchaus keine ungewöhnliche Reaktion und es wird sich mit Sicherheit von ganz allein wieder normalisieren. Sie müssen dem Jungen nur etwas Zeit geben.«

Der letzte Satz war Jesper am besten im Gedächtnis geblieben. Das lag daran, weil er diesen seither bereits mehrfach gehört hatte. Immer dann, wenn sein Vater mit ihm zur Untersuchung ins Krankenhaus fuhr. Er wollte seinen Sohn nicht aufgeben.

Im Haus war es totenstill. Helene war fort und Jesper sprach nicht mehr. Niemand sprach mehr im Haus, außer der Fernseher. Manchmal hörte Jesper seinen Vater weinen und einmal hörte er, wie dieser leise sprach: »Ich bin so einsam.«

Er spürte, wie sein Vater litt. Jesper erinnerte sich an einen Morgen, als er sich gerade auf den Weg zur Schule machen wollte und sein Vater ihn umarmte, einen Kuss auf die Stirn gab und sprach: »Ich bin so froh, dass ich dich habe. Du sollst wissen, ich bin immer für dich da.«

Er hatte eine Hand auf seine Brust gelegt.

»Vergiss niemals, dass ein Teil von Mama in dir weiterlebt! Ich habe dich lieb, Jesper.«

Jesper hätte diese Worte gern erwidert, doch konnte er nicht. Er brachte kein Wort heraus, als wenn er noch nie gesprochen hätte. Natürlich nahmen alle Rücksicht auf ihn und stellten sich darauf ein. Egal, ob es die Lehrer, seine Klassenkameraden oder Freunde waren. Ein jeder nahm Anteil an dem Unglück des Zwölfjährigen und wollte den Umständen gerecht werden. Doch Jesper empfand das, was seine Kameraden ihm entgegenbrachten, nicht als Mitgefühl, sondern als Mitleid. Irgendwann konnte er selbst einfache Fragen nicht mehr ertragen. Immer wieder dieses: »Wie geht es dir heute?« oder »kann ich etwas für dich tun?« Jesper reagierte genervt und zunehmend gereizt. Aus dem lebensfrohen Kind mit dem ansteckenden Lachen entwickelte sich ein vergrämter Junge, der stumm und emotionslos seinen Mitmenschen begegnete. Jede Nacht plagte ihn derselbe Traum. Jesper schlug die Augen auf und saß in einem verwüsteten Zugabteil. Viele Sitze waren aufgerissen und die Schaumstofffüllungen lagen teilweise in kleine Stücke geraspelt auf dem Boden verstreut. Dazwischen sah Jesper zerrissene Zeitungen und lose Blätter, die aus herumgewirbelten Aktentaschen gefallen waren. Eine Fensterscheibe war von tiefen Rissen gekennzeichnet, eine andere war komplett zerplatzt. Unzählige feine Splitter überzogen wie Pulverschnee die Szene. Die Wand neben ihm war einige Meter lang wie eine Sardinenbüchse aufgeschlitzt. Kalte Luft strömte herein, trotzdem roch es muffig.

Im Zug war es totenstill, obwohl dieser vollbesetzt war. Jesper lief den Gang entlang. Die Menschen in ihren Sitzen saßen allesamt bewegungslos da. Ihre

Augen und Münder waren weit aufgerissen und ihre Haut schimmerte gräulich. Alle waren tot.

Jede gottverdammte Nacht schritt Jesper den Gang entlang und blickte in die Gesichter der Toten. Und jede Nacht wartete er darauf, dass sich am Ende des Waggons eine Gestalt bewegte und zu ihm umdrehte. Sie würde leben.«

Und stets wachte er schweißgebadet auf, obwohl sich der Traum schon unzählige Male wiederholt hatte. Jede verfluchte Nacht. Um der Möglichkeit beraubt, über das, was er jede Nacht durchmachte, mit jemanden zu sprechen, zog er sich immer mehr zurück. Als dann noch seine beste Freundin Merle und damit sein letzter sozialer Kontakt neben seinem Vater wegbrach, blieben ihm nur die Besuche auf dem Friedhof am Grab seiner Mutter.

Am ersten Advent hatte Merle ihm offenbart, dass sie mit ihrer Familie noch vor Weihnachten nach Aalborg ziehen würde. Es tat nicht mal weh, was daran lag, dass seine Seele bereits jeden Tag unvorstellbare Schmerz erleiden musste. Er war an der tiefsten Stelle des Lochs angekommen, in das er vor sechs Monaten gefallen war. Als letzte Zuflucht suchte er die Nähe zu seiner Mutter – an ihrem Grab oder, wenn er die Musik hörte, welche seine Mutter immer im Auto gespielt hatte, wenn sie unterwegs waren.

Er hörte Queen, Thin Lizzy, Cat Stevens oder Toto. Dann versank er in Gedanken und konnte seine Mutter sehen, wie sie neben ihm am Steuer saß und die Lieder mitsang. Noch näher schien er ihr auf dem Friedhof zu sein, zu dem ihn die inneren Qualen täglich trieben. Er kniete meistens stundenlang vor dem Grabstein und sprach in Gedanken mit ihr. Er fühlte, dass ihn seine Mutter auf diese Weise hören konnte. Sie war die einzige, die ihn verstand.

Der Schmerz des Verlustes saß tief. Der Kummer hatte ihn fest im Griff. Jeden zukünftigen Geburtstag würde er mit dem Tod seiner Mutter verbinden und damit, dass er die wichtigste Person in seinem Leben verloren hatte. Nicht, dass er seinen Vater nicht liebte und dieser für ihn nicht wichtig war. Aber seine Mutter war so etwas wie seine Seelenverwandte gewesen. Sie hatte immer gewusst, wenn etwas in der Schule vorgefallen war oder Jesper Kummer hatte. Ihr konnte er nichts vormachen. Sie waren sich vom Wesen einfach zu ähnlich. Beide waren gefühlsbetonte Menschen und bei allem, was sie taten, ließen sie ihren Emotionen den nötigen Raum, damit die Seele atmen konnte. Seine Mutter liebte das Leben, ihre Freude und ihr Lachen waren ansteckend gewesen.

Du fehlst mir, Mama Du wirst mir immer fehlen. Wie soll ich denn mein Leben ohne dich weiterleben? Ich kann das nicht. Ich werde daran zugrunde gehen.

Tränen liefen über seine Wangen.

Ich wünschte, ich wäre jetzt dort, wo du bist.

Plötzlich hörte er in seinem Inneren eine Stimme. Nicht seine innere Stimme, an die er sich mittlerweile gewöhnt hatte. Es war die Stimme seiner Mutter.

»Schließ die Augen, Jesper!«

Die Stimme klang klar und deutlich in seinem Kopf.

»Hab keine Angst!«

Er schloss die Augen. Er hatte plötzlich das Gefühl, dass ihm eine Hand über den Kopf streichelte. Jesper erschrak und öffnete instinktiv die Augen. Niemand war da. Warum? Alles hatte sich doch so real angefühlt. War es nur Einbildung?

»Hab keine Angst und schließ die Augen!«

Wieder hörte er die sanfte Stimme seiner Mutter. Dieser Klang, wenn tiefe Freude mitschwang, war unverwechselbar. Erneut schloss er die Augen und genoss die Berührungen auf seinem Kopf und im Gesicht. Eine wohlige Wärme breitete sich in ihm aus, Tränen des Glücks kamen ihm und flossen über seine Wangen.

»Ich habe dich so vermisst.«, flüsterte er und lächelte trunken vor Glück. Er hatte seine Stimme wiedergefunden. Seine Mutter war bei ihm. Alles schien in Ordnung zu sein.

»Schatz, du musst jetzt tapfer sein. Ich bin hier, weil ich mich nicht verabschieden konnte. Ich werde nicht bei dir bleiben können, sondern an einen anderen Ort gehen, wo ich auf dich warten werde. Vergiss nicht, dass dein Vater dich braucht! Ihr habt jetzt nur noch euch. Begreift das und seid füreinander da!«

Jesper versuchte, tapfer zu sein. Doch konnte er die Tränen nicht stoppen, die über seine Wangen kullerten.

»Geh nicht fort, Mama. Bitte bleib bei mir! Wie soll ich das alles nur ohne dich schaffen? Bitte lass mich nicht allein!«

»Du bist mein Sohn. Du bist stark und du bist nicht allein, denn ich schicke dir einen Gefährten. Ich liebe dich, mein Schatz!«

Die Stimme in seinem Kopf verstummte und die Berührungen verschwanden. Als er die Augen öffnete, sah er neben dem Grabstein einen schwarzen Hund sitzen. Er hatte Schlappohren und sah irgendwie zottelig aus. Mit seinen braunen Augen blickte er dem Jungen tief ins Herz.

»Wer bist du denn? Und wo kommst du her?«

Der Hund machte einen Satz, sprang den Jungen an, der daraufhin zu Boden ging und von dem schwarzen Zotteltier schwanzwedelnd im Gesicht abgeleckt wurde. Jesper lachte, lachte aus voller Kehle und konnte gar nicht mehr aufhören.

»Bist du der Gefährte, den meine Mama schicken wollte? Gibt es denn so was?«, fragte Jesper den Hund, nachdem er sich die Tränen weggewischt hatte. Die Sonne ging langsam unter und er wusste, dass er sich auf den Heimweg machen musste, da sich sonst sein Vater sorgen würde. Er sah sich auf dem Friedhof um, ob andere Besucher dort waren, denen vielleicht der Hund davongelaufen war. Das Zotteltier lief ihm freudig hinterher. Niemand war zu sehen. Hatte seine Mutter ihm tatsächlich diesen Hund geschickt, damit er nicht mehr so allein war? Jesper lächelte über beide Ohren.

»Ich glaube, ich nehme dich erst mal mit nach Hause.« Der Hund bellte, als wollte er sagen, dass er damit einverstanden war. Jesper lief voraus und der Hund trottete ihm hinterher.

»Wenn ich nur wüsste, wie du heißt?«

Plötzlich bog der Hund an einem Weg ab und setzte sich auf eines der Kindergräber. Auf einem Grabstein stand: *Unsere geliebte Emma. 12.09.1912 – 14.03.1920.*

Das Mädchen war am gleichen Tag wie Jesper geboren.

»Das ist dein Name? Emma? Okay, dann bist du also ein Mädchen.«

Jesper fühlte in seinem Herzen immer noch die Nähe seiner Mutter und machte sich voller Freude auf den Heimweg. Er war schon sehr gespannt, wie sehr sein Vater aus dem Häuschen sein würde, wenn er erfuhr, dass Jesper wieder sprechen konnte.

So war es dann auch tatsächlich.

»Ein Hund?« Hatte Jespers Vater nur angemerkt, als sein Sohn sich gerade noch pünktlich an den Abendbrottisch setzte.

»Sie heißt Emma!«, antwortete aufgeregt er, woraufhin sich sein Vater reflexartig vom Tisch erhob. Dabei kippte sein Stuhl nach hinten und schlug laut auf den Holzboden. Claus schnappte sich seinen Sohn und drückte ihn fest an sich. Er war so froh, die Stimme seines Sohnes wieder zu hören, dass er vor Glück weinte.

»Ich hab dich lieb, Papa.« Jesper sprach leise und war noch immer so voller Liebe, die er jetzt an seinen Vater weitergeben wollte.

»Ein Teil von Mama lebt in uns weiter«, wiederholte er jetzt die Worte, die sein Vater damals zu ihm gesagt hatte. Nun verstand er. Seine Mutter war die ganze Zeit nicht nur bei ihm, sie war in ihm gewesen. Diese Erkenntnis setzte solche Glücksgefühle frei und doch hatte er nicht den Mut, seinem Vater von dem zu berichten, was er heute auf dem Friedhof erlebt hatte. Er würde ihm nicht glauben und vielleicht würde er ihn sogar damit verletzen. Es schien auch nicht der richtige Moment zu sein, da sich sein Vater nur dafür interessierte, dass sein Sohn wieder sprechen konnte. Der Hund unter dem Tisch geriet beim Abendbrot völlig in Vergessenheit.

Zehn Jahre später

Es war der zwölfte März. Vor zehn Jahren hatte Emma den Platz des treuen Begleiters eingenommen und war Jesper seither nicht von der Seite gewichen. Er erinnerte sich noch gut daran, wie sein Vater zum Glück reagierte, als er einen Hund anschleppte. Emma durfte bleiben, weil Claus Rasmussen davon überzeugt war, dass die Hundedame seinen Sohn dazu gebracht hatte, wieder zu sprechen. Sein Vater verlangte damals lediglich, dass Jesper in den Geschäften und Cafés fragen sollte, ob jemand einen schwarzen zotteligen Hund vermisste. Schweren Herzens hatte er jedes Geschäft, jede Eisdiele und jedes Café abgeklappert und jedes Mal gehofft, dass niemand den Hund kannte. So kam es dann auch tatsächlich. Emma war wohl niemandem entlaufen – für Jesper Bestätigung genug, dass der Hund jener Gefährte war, den seine Mutter ihm geschickt hatte. Von diesem Tage an teilten sie das Leben. Behütet von einem Hund, lernte Jesper wieder, soziale Kontakte zu pflegen. Emma brachte ihm die Lebensfreude zurück und zeigte ihm, wie es ist, die Seele atmen zu lassen. Ihr konnte er alles anvertrauen. Geduldig hörte sie ihm zu und wich niemals von seiner Seite. Sie war der wahrgewordene Kindertraum. Ein lebendiges Plüschtier, das einen durch dick und dünn begleitet.

Jesper hatte sich angewöhnt, jedes Jahr am 12. März das Grab seiner Mutter zu besuchen. Dieses Datum hatte sich in seinem Leben manifestiert. Es war wie zu seinem zweiten Geburtstag geworden. Ein Wendepunkt in seinem Leben. Ein Moment, der das Unglück nicht nur erträglich machte, sondern es im Prinzip umkehrte.

»Hey, Mom!«, begann er zu erzählen. »Papa hat ein Segelboot gekauft und am Sonntag wollen wir damit zusammen das erste Mal aufs Meer. Er vermisst dich noch immer. Wenn er über dich spricht, bekommt er immer dieses Leuchten in den Augen. Ich hoffe, dass ich mich auch eines Tages unsterblich in eine Frau verliebe …« Jesper schmunzelte, als er den Satz beendete: »… die akzeptiert, dass ein Hund im Bett schläft.«

Die Sonne kam hinter einer Wolke hervor und wärmte ihm das Gesicht. Es fühlte sich gut an. Er sprach noch immer mit seiner Mutter, obwohl er wusste, dass sie nicht mehr antworten würde. Aber das war egal, schließlich fühlte er sich nicht mehr einsam.

Als er mit Emma den Friedhof verließ, rannte sie plötzlich los.

»Emma!«, rief Jesper ihr hinterher. Von weitem sah er, dass der Hund bei einer jungen Frau stoppte und schwanzwedelnd Streicheleinheiten einheimste. Jesper überquerte schnellen Schrittes die Straße und staunte, als die junge Frau zu ihm aufblickte.

»Jesper!«, rief sie laut seinen Namen.

»Merle? Bist du das?«

Lachend fielen sich die beiden in die Arme.

»Das gibt es ja gar nicht!«

»Wie lange ist das nur her?« Merle strahlte übers ganze Gesicht.

»Das kann ich dir sagen. Es ist zehn Jahre her. Was machst du hier?«

»Wir sind wieder zurückgezogen, sogar in unser altes Haus.«

Jesper konnte sein Glück kaum fassen.

»Das ist ja großartig!«

»Lass uns doch einen Kaffee trinken gehen. Gibt es die Eisdiele der Jensens noch?«

Lächelnd nickte Jesper und betrachtete seine alte beste Freundin. Wunderschön war sie. Viel schöner als in seinen Erinnerungen.

»Na dann kommt, ihr zwei! Auf die alten Zeiten!«

Glücklich über ihr Wiedersehen nach so langer Zeit machten sich die beiden auf den Weg. Verwundert blickte er zu Emma. *Hast du das etwas beabsichtigt?*

Jesper war verwirrt, aber es war ein wundervolles Verwirrtsein.

Bei den Jensens angekommen, bestellte Jesper zwei Milchkaffees, während sich Emma freudig auf einen alten Mann zubewegte. Zunächst dachte sich Jesper nichts dabei. Emma war zu jedermann freundlich und ließ sich gern von anderen, vor allem von Kindern streicheln. Er ging zu dem Tisch, an dem Merle bereits Platz genommen hatte, und stellte die Tassen ab.

»Wie lange hast du schon einen Hund?«

Während er antwortete, schaute er im Augenwinkel nach Emma.

»Heute auf den Tag genau zehn Jahre.«

»Ich liebe Hunde. Ich wollte auch immer einen haben, aber meine kleine Schwester hat doch tatsächlich eine Allergie bekommen.«

Jesper konnte nur halbherzig zuhören, zu sehr irritierte ihn, dass Emma noch immer bei dem alten Mann saß. »Ich sehe kurz mal nach ihr. Nicht, dass sich jemand belästigt fühlt.«

Als er sich den beiden näherte, bemerkte er verwundert, dass sowohl Emma als auch der alte Mann so wirkten, als wären sie alte Bekannte.

Der Alte hatte feuchte Augen. Er streckte Jesper die Hand entgegen. »Erik Hansen.«

»Mein Name ist Jesper. Ich hoffe, Sie fühlen sich von meinem Hund nicht gestört.«

»Von Emma? Nein, natürlich nicht.«

»Sie kennen ihren Namen?« Jespers Magen krampfte sich zusammen.

»Ja, natürlich. Als ich ein kleiner Junge war – ich war vielleicht acht oder neun Jahre alt – , rutschte ich bei dem Versuch, einen Fußball von einem zugefrorenen See zu holen, aus und konnte mich vor lauter Schreck nicht mehr bewegen. Ich lag auf dem Eis und um mich herum knackte es bedrohlich. Die ersten Risse wanderten durch die Eisschicht auf mich zu und ich wusste, dass ich gleich ins Wasser einbrechen würde. Doch plötzlich tauchte ein Hund auf. Es war Emma. Sie packte mich mit der Schnauze am Hosenbein und zog mich vom Eis.«

Mit offenem Mund hörte Jesper zu und streichelte Emma hinter dem Ohr

»Als Sie ein Junge waren? Sind Sie sicher, dass es dieser Hund war.«

Der alte Mann lachte.

»Oh ja. Ich bin mir sehr sicher.«

»Ist Sie Ihnen vor zehn Jahren weggelaufen?«

»Oh nein. Ich war so alt wie du, als mir bewusst wurde, dass ich nicht das erste Kind war, das Emma gerettet hat. Vor mir gab es Kinder, die Hilfe brauchten, und ich begriff, dass nach mir auch Kinder kommen würden, die an diesem Wunder teilhaben mussten. Eines davon bist du, stimmts?«

Jesper schluckte.

»Ja, das stimmt. Sie hat mich ebenfalls gerettet.«

Erik Hansen legte die Hand auf Jespers Schulter und lächelte. Jesper verstand, ohne dass er weitere Worte sprach.

»Ich bin noch nicht so weit.«

»Emma weiß genau, wann du so weit bist. Doch jetzt solltest du deine Begleitung nicht länger warten lassen.«

Verlegen lächelte Jesper und ging mit Emma zurück zu Merle.

»Ist alles okay mit dir?« Merle schien besorgt zu sein.

»Ja, alles okay.«

Noch einmal drehte sich Jesper zu dem alten Mann um, doch saß er nicht mehr an seinem Platz.

»Hast du gerade den alten Mann rausgehen sehen?«

»Welchen alten Mann?«

»Na, der da hinten saß!« Jesper erschrak.

»Ich habe niemanden gesehen. Ist wirklich alles in Ordnung mit dir?«

Jesper überlegte, dann griff er nach Merles Hand.

»Ja, natürlich! Ich habe dich wiedergefunden!«

*Anmerkungen des Autors.

Als mein Sohn Maximilian zwölf Jahre alt war, haben wir gemeinsam an einem Kinderbuch mit dem Titel: „Emma-Der Feldmob" gearbeitet und es veröffentlicht. Nun habe ich die Geschichte weitererzählt und Emma mittlerweile, elf Jahre alt, erfreut sich bester Gesundheit.

WOLFGANG BRUNNER

DER ORT, AN DEM DIE TRÄUME BEGINNEN

Es ist der Apfelbaummann, der damit anfängt.

»Was ist der Schlaf eines Menschen wert, wenn er keine Wunderbar-Erlebnisse dabeihat?«, bemerkt er eines Tages und schüttelt sich. Ein paar Äpfel fallen von seinen verästelten Armen und landen vor dem verwundert dreinblickenden Löwenzahnmädchen.

»Wunderbar-Erlebnisse? Was genau meinst du damit, Apfelbaummann?«, piepst das zierliche Pflänzchen und legt zwei seiner Blätter um einen der heruntergefallenen Äpfel. Dabei wiegt sie ihr kanariengelbes Haupt sanft hin und her, als genieße sie die Nähe des Fallobsts.

»Was ich meine?« Der Apfelbaummann schüttelt sich erneut und wieder prasseln ein paar seiner reifen Früchte auf den in allen Regenbogenfarben schimmernden Boden. Dummerweise plumpst einer der Äpfel direkt auf das zarte Blütenköpfchen des Löwenzahnmädchens und zerquetscht es fast zu Pflanzenbrei. Aber eben nur fast. Das Lowenzahnmädchen erfreut sich nach wie vor bester Gesundheit.

»'Tschuldigung«, murmelt der Apfelbaummann und wendet sich an die anderen Gestalten, die um ihn herumstehen und ihn neugierig anstarren. »Ich meine prächtige, märchenhafte, zauberhafte Begebenheiten. Ich nannte sie lediglich Wunderbar-Erlebnisse in Ermangelung eines besseren Begriffs, der die universale Ganzheitlichkeit meines Erleuchtungseinfalls verdeutlicht.«

»Wunderbar-Erlebnisse. Was für ein famosartiges Wunderwort. Und was soll es jetzt genau darstellen?«, erkundigt sich jetzt auch der Schnabbelsack und pupst leise. »Und wem wollen Wunderbar-Erlebnisse widerfahren?«

»Sollen«, verbessert die Dreißigmutter und erntet einen bösen Blick vom Schnabbelsack.

»Na, den Menschen, den Schlafenden ...«, erklärt der Apfelbaummann und wiegt seine Äste. »Den Träumenden«, setzt er noch hinzu und hebt anerkennend seine Augenzweige ob seiner gloriosen Wortkreation.

»Träumenden«, wiederholt der Fruchtling, eine Mischung aus zitrusherber Traube und zuckersüßer Mönchsfrucht. »Was für ein schönes Wort für einen Zustand, den es noch gar nicht gibt.«

»Aber es wird ihn bald geben«, bemerkt der Apfelbaummann. »Der Träumende wird Träume träumen ...«

»... und das Erwachen just versäumen«, beendet Winzelklein den Reim. Er ist so winzig, dass keiner der Anwesenden ihn sehen kann. Lediglich seine für einen Winzling seiner Art außergewöhnlich kräftige Stimme dringt bis zu ihren Gehörgängen vor.

»Wir können ihnen vielleicht einen Teil ihrer Furcht nehmen.«

»Wovor fürchten sie sich denn?«, will Dreißigmutter wissen.

»Die meisten Menschen haben vor allem Angst vor sich selbst. Vor ihrem Leben und den Prüfungen, die sie bestehen müssen.«

»Und du denkst, wir können ihnen diese Bangigkeit durch eine Illusion nehmen?«

»Genau das denke ich. Sie können sich darin bewegen und verhalten, wie sie wollen. Sie können in unseren Fantastereien sehen, was sie sich immer schon gewünscht haben.«

»Aber sie könnten doch ihre Angst auch mit hierher nehmen, oder?«

»Das verhindern wir, so gut es geht«, beschließt der Apfelbaummann. »Wir versuchen, unsere Blendwerke so positiv wie möglich zu halten. Diese Erfahrungen sollen unübertrefflich fantastisch und gut sein.«

»Dann lasst uns solche Wunderbar-Erlebnisse für die schlafenden Menschen erfinden«, beschließt Dreißigmutter begeistert.

»Ja, ja ...«, kreischt Schnabbelsack aufgeregt und schwabbelt schnabbelnd auf und ab.

»Also gut, du bist dann der Traumeinfärber«, verteilt der Apfelbaummann die Aufgaben. »Du verleihst den Träumen Farbe.«

Schnabbelsack nickt zustimmend und reibt voller Vorfreude seine beiden oberen Sackenden aneinander.

»Und ich bin der Traumerschaffer«, bestimmt der Apfelbaummann. »Ich werde mir Dinge ausdenken, die noch keines Menschen Auge je gesehen hat.«

»Schön, schön. Und was ist mit den Tieren?«, wirft Malamandroid ein. Malamandroid ist eine Kreuzung aus Maulwurf, Salamander und Android, was bei den übrigen oftmals Gelächter hinter seinem Rücken auslöst, da sein Erscheinungsbild alles andere als vorteilhaft ist.

»Träumen Tiere tuberkularen Tiefsinn?«, trötet Tatzenkatze, ein hypochondrischer Sprudelkopf-Stubentiger mit Einzelbuchstabenfanatismus, was bedeutet, dass sämtliche Wörter in einem Satz von ihr mit ein und demselben Buchstaben beginnen müssen.

»Träumen Androiden von elektrischen Schafen?«, kontert Winzelklein mit einem schelmischen Grinsen auf den Lippen, was aber keiner der Umstehenden sehen kann.

»Pffff!«, antwortet Malamandroid nur und sieht beleidigt zur Seite.

»Haha, hustender Hutzelzwerg«, erwidert die Tatzenkatze pikiert, »hast heute heimlich Humorbällchenhappen hinuntergeschluckt, hä?«

»Dumme, dusselige Datzenkatze«, ertönt Winzelkleins Stimme.

»Schluss mit diesem unnützen Streit!«, mischt sich der Apfelbaummann in die Diskussion ein. »Auch Tiere werden träumen«, bestimmt er. »Aber in erster Linie kümmern wir uns um die Menschen. Also, wie gesagt, ich kümmere mich um die Traumgestaltung. Wer von euch übernimmt die Musik?«

Er betrachtet ein Wesen nach dem anderen und nickt anerkennend mit seinem Geästekopf, als sich Dreißigmutter meldet.

»Ich fühle mich in der Tat dazu berufen, der Menschen Wunderbar-Erlebnisse mit Wunderbar-Musik zu untermalen. Also bin ich bereit für diese Aufgabe.«

»Und für die Tiere«, merkt das Löwenzahnmädchen an.

»Selbstverfreilich«, bejaht Dreißigmutter mit einem freundlichen Lächeln. »Mensch und Tier werden ab sofort meine Klänge vernehmen, wenn sie träumen.«

»Du bist also für die Traumlieder verantwortlich«, fasst der Apfelbaummann zusammen. »Ich nenne dich fortan Traumkomponistin.«

»Dann will ich dafür sorgen, dass die Träumer etwas aus ihren Wunderbar-Erlebnissen mit in die Wirklichkeit nehmen können«, meldet sich das Löwenzahnmädchen nun zu Wort.

»So, so, du willst also eine Traumrealistin sein?«

»Ganz genau, so will ich mich nennen.«

»So sei es, zartes Löwenzahnmädchen. Ein realistischer Traum kann nicht schaden.«

»Löwenzahn, Liebeswahn,

Leckerbissen, Lebenswissen«, beginnt die Tatzenkatze zu rezitieren und fährt dabei im Takt der Verse ihre Krallen ein und aus.

»Lichterlohe Lebenslust,

liebenswerter Lachverlust.

Lupenreines Lotterleben,

lesenswertes Lesebeben«, führt sie das Nonsensgedicht zu Ende.

»Dummgedaddel, Denkerleere,

Dingsbumsschwäche, Donnerkräche«, setzt Winzelklein das Dichterkunstwerk auf spöttische Art fort und kichert am Ende leise. »Treudoof-Tollpatsch-Tatzenkatze«, fügt er am Ende noch hinzu und wendet sich anschließend an den Apfelbaummann. »Ich melde mich freiwillig für den Unrealismus der Träume. «

»Unrealismus? Was soll das denn bitteschön sein?«

»Realismus, den es nicht gibt« erklärt Winzelklein. »Unechtigkeit, Künstlichgedachtes, Pseudowahrheitswirklichkeit, Artifiziellisches, Vortäuschwahrheit ...«

»Genug, genug!«, unterbricht der Apfelbaummann das Geplapper des kleinen Wesens. »Wir haben verstanden, was du meinst. Träume sollen deiner Meinung nach also nicht echt erscheinen?«

»Doch, doch. Natürlich sollen sie echt wirken. Aber nicht richtig echt. Also quasi nichtmals nie nicht echt echt, sondern unecht echt. Versteht ihr, was ich …?«

»Wir verstehen«, bemerkt Dreißigmutter. »Die Träume, die wir uns ausdenken und die die Träumer dann erfahren, während sie schlafen, sollen realistische Unwirklichkeitserlebnisse beinhalten, richtig?«

»Ganz und gar komplettig richtig«, stammelt Winzelklein. »Genau das meinte ich mit meiner Meinung.«

»Dann wäre das also auch geklärt«, wendet sich der Apfelbaummann wieder dem ursprünglichen Thema zu, nämlich der Verteilung der Aufgabengebiete. »Wir haben nun also den Traumerschaffer, den Traumeinfärber, die Traumkomponistin, die Traumrealistin und den Traumunrealisten.«

»Korrektiglich«, murmelt Winzelklein.

»Dann bleiben noch der Fruchtling, Malamandroid und die Tatzenkatze übrig«, überlegt Schnabbelsack.

»Was könnten sie denn tun, damit die Menschen träumig ruhen?«

»Ich will den Menschen in ihren Träumen manchmal Sätze zuflüstern, an die sie ihr Leben lang denken«, sagt daraufhin der Fruchtling. »Ich nenne mich Traumflüsterer.«

»Guthervorragende Idee, ganz phänomenalistisch«, stimmt Schnabbelsack begeistert zu. »Einen Traumflüsterer, der zu den Schlafenden spricht, kann man immer gebrauchen.«

»Und ich werde mich darum kümmern, dass sich der Mensch nach seinem Erwachen an den Traum erinnert«, meldet sich Malamandroid zu Wort.

»Alternative allstimmig angenommen«, maunzt die Tatzenkatze und gibt anschließend ihre Überlegungen preis. »Und unsereins uhrt Unfassbarträume.«

»Du uhrst die Träume?« Malamandroid kichert. »Was soll das denn jetzt wieder bedeuten?«

»Sie meint die Zeit«, klärt der Apfelbaummann die Umstehenden auf. »Und sie hat vollkommen recht damit. Die Träume sollten in der Tat zeitlich begrenzt sein, sonst verfallen die Träumenden noch dem Wahnsinn ... bei so viel realistischer Surrealität.«

»Oh!«, fiept Malamandroid. »Ein wahres Wort, das du da sprichst. Wir wollen doch keinesfalls Verrückte züchten, wenn wir Träume erschaffen.«

»Die meisten Menschen sind aber doch sowieso schon ziemlich schwachbelichtet und hohlstutzig«, stellt Dreißigmutter fest.

»Dann sind wir uns also einig, was das Träumen betrifft?« Der Apfelbaummann übergeht Dreißigmutters Einwand und stellt sich in die Mitte des Kreises, den die anderen zwischenzeitlich gebildet haben.

»In der prinzipiellen Essenz schon«, bestätigt das Lowenzahnmädchen. »Aaaaaber ... eine Frage ist doch noch weit offen. Und zwar eine ausschlaggebende, maßgebliche, wesentliche, hauptbepunktete Komplexitätsproblemschwierigkeitsfrage.«

»Die da wäre?«

»*Wie* machen wir Träume?«

»Oh, eine gute Frage.«

»Und eine problematische Frage noch dazu.«

»Eine eindeutige Crux.«

»Ich würde eher sagen, es ist ein Dilemma.«

»Ja genau, ein Dilemma. Wie gedachtet ihr, so einen Traum in die Köpfe der Schlafenden zu bringen, sofern wir es überhaupt schaffen, uns einen solchen auszudenken?« Schnabbelsack läßt betrübt seinen Stoffkörper hängen.

»Da fällt uns schon noch was ein. Aller Anfang ist schwer«, murmelt Fruchtling.

»Ha, ha, ich bin die Antwort auf eure Frage. Ihr habt einfach nicht an mich gedacht«, donnert plötzlich eine Stimme hinter ihnen. »Ich fehle noch in eurem Team.«

Alle sehen verwundert in die Richtung, aus der die Stimme kommt und wo plötzlich eine riesige Gestalt steht.

»Äh, wer bist du?«, erkundigt sich der Apfelbaummann als Erster. »Ich habe dich hier noch nie gesehen.«

»Und wir leben hier schon wirklich lange«, fügt Malamandroid noch hinzu. »Oder?« Er schaut fragend zu seinen Freunden, die ratlos ihre Schultern heben.

»Ich habe keine Ahnung, wie lange wir schon hier sind«, gibt der Apfelbaummann zu. »Es fühlt sich an wie Jahrtausende, könnte aber genauso gut nur ein paar Sekunden sein.« Er schüttelt sich und wirft erneut ein paar seiner Äpfel zu Boden. Dann richtet er seinen Blick wieder auf den Riesen. »Wer bist du, dass du in unsere Welt eindringen kannst?«

»Mein Name ist Hypnos, doch ich habe viele Namen«, erklärt der Riese. »Traumbart werde ich ebenfalls genannt«, fährt er fort und zupft an seinem dichten Bart. »Oder auch Traumtänzer, Träumerseele, Traumgesicht, Träumerschön, Traumwandler, Traumgedanke, Träumling, Traumhafter und Traumschönling ...« Er seufzt und lächelt dabei verträumt. »Das waren nur ein paar meiner Namen, es gibt noch derer viele. Viel zu viele, wenn ihr mich fragt. Aber ich bin nicht gekommen, um euch meine Namen zu nennen, sondern um euch dabei zu helfen, Träume für die Menschen zu erschaffen.«

»Und woher kommst du?«, erkundigt sich Winzelklein.

»Ich komme vom Ort, an dem die Träume beginnen.«

»Und wo ist das?«

»Na hier. Ihr steht doch mittendrin«, lacht der Riese.

»Hier? Hast heute Halluzinationen, hoher Herr?«, buchstabilisiert die Tatzenkatze.

»Wo sollen denn hier Träume sein?«, stimmt Schnabbelsack zu. »Zumal wir ja noch nicht einmal genau wissen, was diese Träume eigentlich sind.«

»Träume sind ein anderes Leben als das, was die Menschen im Wachzustand führen«, erklärt Traumbart. »Wunschvorstellungen, Erinnerungen und Blicke in andere Welten.«

»Halluzinatorische, bizarre Wahnsinnswunscherfüllungsfantasien?«, versucht der Apfelbaummann die Ausführungen des Riesen zusammenzufassen.

»So in etwa, Obstbäumchen. Seht euch um, dann werdet ihr sehen, was ich meine.«

Der Apfelbaummann, das Löwenzahnmädchen, der Fruchtling, der Schnabbelsack, der Malamandroid, die Dreißigmutter, Winzelklein und die Tatzenkatze blicken um sich und entdecken, was Traumbart meint. Überall auf der regenbogenfarbenen Wiese erscheinen Bilder, die sich von unten nach oben schieben und wie kleine Leinwände in der Luft stehenbleiben.

»Was ist das?«, stammelt Schnabbelsack verwundert.

»Das sind die Zutaten für Träume«, erklärt Traumbart.

Die Gruppe beobachtet, wie sich immer mehr Abbildungen aus dem Boden lösen, die offenbar kurze Passagen aus dem Leben eines Menschen zeigen: Ein Baby fliegt jauchzend durch die Luft, wird von starken Männerhanden aufgefangen und von sanften Frauenhänden gestreichelt. Ein Mann vergießt Tränen über eine verlorene Liebe. Schlangen winden sich über- und untereinander, beißen sich in den eigenen Schwanz und bilden niemals endende Kreise.

»Stammt das von einem Menschen?«, erkundigt sich Fruchtling.

»Das sind abgespeicherte Erinnerungen im Gedächtnis eines älteren Menschen«, bestätigt Traumbart die Vermutung des Mischobstwesens.

»Und was sollen wir jetzt damit anfangen?«, meldet sich Dreißigmutter zu Wort.

»Bastelt einen Traum daraus, fügt die Bilder aneinander, erzählt dem Schlafenden damit eine Geschichte ...«

Als keiner der Umstehenden reagiert, umschließt Traumbart die Umgebung mit einer einzigen Handbewegung. »Na los, macht schon, ihr Traumerfinder! Sucht euch was Passendes aus, verbindet die Bilder miteinander, singt ein Lied dazu und flüstert dem Träumer Dinge ins Ohr, damit er etwas in die Realität mitnehmen kann! An die Arbeit, ihr Traumgespinste und Illusionisten!«

Malamdroid und Schnabbelsack sehen sich ein paar Augenblicke verunsichert an, während die übrigen bereits auf die in der Luft schwebenden Bilder zugehen, um damit ihren ersten Traum zu erschaffen.

Roald hat keine Ahnung, dass er träumt. Für ihn sind der Riese und der aufgeweckte Junge, von dem er einfach so weiß, dass er Jody heißt, Realität, wenngleich aber auch für ihn eine gewisse Wirklichkeitsfremde über den Ereignissen liegt. Roald, der Schlafende, grinst im Schlummer, als sich flüssige Schokolade über den Riesen ergießt. Die ist aber schon Sekunden später wieder verschwunden, bevor der Riese sich an den Jungen wendet und spricht: »Ferkelwutz hat den menschlichen

Leberwesen doch nichts getan. Wieso essen sie ihn dann?«

Ein Wesen, das aussieht wie ein zum Leben erwachter Jutesack, hoppelt an den beiden vorbei und gießt Farbe über die Landschaft, worauf alles schlagartig bunter und freundlicher wird. Dahinter springt ein klitzekleines Wesen herum, das aussieht wie eine zu groß geratene Weintraube. »Der Junge ist ein Mädelein und trägt den Namen Sophiechen«, schreit das sprechende Obst und deutet auf Jody, der sich von einer Sekunde auf die andere tatsächlich in ein Mädchen verwandelt.

Sie fährt sich durch die Haare und richtet sich direkt an den Schlafenden, als stünde dieser unmittelbar vor ihr und befände sich in derselben Welt wie sie. »Ich heiße nicht Jody, sondern Sophiechen. Und mein Name ist auch nicht Miranda Piker. Wollte ich nur mal gesagt haben.«

»Es spielt keine Rolle, wer man ist oder wie man aussieht, solange einen nur jemand liebt«, sagt das sprechende Obst und flüstert sich mit diesen Worten tief ins Hirn des Träumers.

Eine Hexe kommt auf einem Besen angeflogen und kreist ein paar Runden über dem Mädchen und

Riesen. Es handelt sich bei ihr um eine ECHTE HEXE!

Das Löwenzahnmädchen stellt sich neben Schnabelsack und zwingt die Hexe mit einem hypnotischen, bösen Blick zur Landung. Als diese auf einer Anhöhe in unmittelbarer Nähe niedergeht, bleibt sie einen Moment stehen, sodass sie der Träumer mit seinem inneren Auge genau betrachten kann.

Ihre spitze Nase verwandelt sich in eine nahezu perfekte Stupsnase und aus den wirren, strubbeligen Haaren wird eine gepflegte Perücke, sodass die Hexe wie eine normale Frau aussieht, wie es sie im realen Leben zuhauf gibt.

»Echte Hexen erkennt man nämlich nicht«, erklärt das Löwenzahnmädchen. »Sie tragen keinen schwarzen Hut und keinen dunklen Umhang«, fährt sie fort. »Hexen tarnen sich als echte Menschen und tun so, als könnten sie kein Wässerchen trüben. In Wirklichkeit aber jagen und essen sie Kinder.«

Das Mädchen weicht bei diesen Worten ängstlich einen Schritt zurück und rumst gegen das Bein des Riesen. Erschrocken zuckt es zusammen, weil es meint, der Gigant wird ihr gleich etwas antun. Dabei lässt sie die Hexe keine Sekunde aus den Augen.

Der große Kerl lächelt allerdings und beugt sich zu dem Mädchen herab, um es mit der Fingerspitze an der Schulter zu berühren. »Keine Bedrückerung, kleines Mädchenwesen. Hexendingsbumsdinger sind viel zu kleinerlich, als dass sie etwas gegen meinereiner Größerich ausrichten könnten.«

»Na, dann ist es ja gut«, flüstert das Mädchen erleichtert und beobachtet, wie sich die Hexe, die vor wenigen Sekunden noch wie eine abstürzende Rakete aus dem Himmel geflogen war, an die Tatzenkatze richtet. »Was haben wir denn da Leckeres?«, gurrt sie wie eine Taube. »Bist du denn womöglich ein Katzenkind?«

»Titulierend Tatzenkatze, tu talentlose Tabernakelwanze.«

»Ich mag aber lieber Kinder«, äußert die Hexe und richtet ihre Aufmerksamkeit wieder auf das Mädchen, das sich an das Bein des Riesen klammert, wobei sie nur etwa die Hälfte der riesigen Gliedmaße umgreifen kann.

»Kinder sind aber nicht zum Essen da«, belehrt die Dreißigmutter und deutet auf die Tatzenkatze. »Und wenn du dich nicht zusammenreißt, beendet sie gleich diesen Traum. Denn sie hat hier die Macht über Zeit und Raum.«

»Pssssttt!«, erklingt in diesem Augenblick die Stimme Traumbarts, der hinter dem ersten Riesen hervortritt. »Verrate doch nicht unser Geheimnis.«

»Traum?«, wiederholt aber die Hexe bereits argwöhnisch. »Was soll das sein, vermaledeite Katze? Ein Traum.«

»Tatzenkatze«, verbessert die Angesprochene.

»Dann eben doppelt vermaledeite Tatzenkatze«, schimpft die Hexe. »Was ist dieser Traum, von dem du gerade sprachst?«

»Ein Traum ist voller Geheimnisse und Zauberwundernisse«, sagt daraufhin der Fruchtling in seiner Eigenschaft als Traumflüsterer und setzt dem Schlafenden erneut einen Satz ins Ohr, den er niemals vergessen wird. »Träumereien sind Leben, die es niemals gab und geben wird.«

»Das überlässt du bitte demjenigen, der diese Dinge erlebt«, widerspricht Traumbart. »Träume sind oftmals wahrgewordene Wünsche. Oder sie werden vielleicht noch wahr, wenn der Träumer sie wahrmachen will. Vielleicht gibt es den ein oder anderen Menschen, der sich denkt, wenn er etwas träumen kann, dann kann er es auch im realen Leben Wirklichkeit werden lassen.«

»Und ich bin der Apfelbaummann, der sich gerade diesen hervorragenden Traum ausgedacht hat«, bemerkt der Apfelbaummann nicht ohne einen gewissen Stolz in der Stimme und wächst neben der verdutzten Hexe aus dem Boden.

»Ihr redet wirres Zeug«, stutzt die Hexe. »Traum? Noch nie gehört von so einem Ding. Ich bin auf der Suche nach schmackhaften Kindern und nach sonst nichts. Kann man denn Träume essen?«

»Pappeln babbeln Papperlapap. Schluss mit Überlegens- und Gedankenzeug«, unterbricht der Riese die Diskussion, an den sich Sophiechen noch immer klammert. »Träume sind einfach Schäume oder Bäume. Lasst es doch zweifach gutschön sein.« Der Riese wendet sich lächelnd zuerst an das Mädchen, dann an die Umstehenden und ignoriert dabei gepflegt die keifende Hexe.

»Stell dir vor 'nen kleinen Raum,

Und darin steht ein Wunderbaum.

Zu zweit seid ihr wohl schwerlich kaum

Allein, denn, schönlich anzuschau'n

Bist du im Raum und auch der Baum.

Verstehst du meinen Wörterschaum?

So etwas nennt man einen Traum.«

»Jetzt ist es aber gut, meine Freunde«, unterbricht Traumbart das Dichten und richtet sich an die Hexe. »Gnädigste, wenn ich Sie bitten darf, mir zu folgen. Sie sind schließlich Teil dieser Welt und haben noch eine Aufgabe zu erledigen.«

»Meine Aufgabe ist die Jagd nach Kindern sowie das anschließende Verspeisen. Ich nenne es Kinderzermalmen.«

»Deine Hauptaufgabe ist aber eine andere«, erläutert Traumbart und zwinkert Dreißigmutter zu, die von einer Sekunde auf die andere neben dem Löwenzahnmädchen erschienen ist. »Lasst uns das Ganze doch noch mit einer wunderbaren Musik untermalen, was haltet ihr davon?«

»Doll dafür«, zeigt sich die Tatzenkatze ganz begeistert.

»Fürwahrlich ein wunderlichbarer Gedankenspaziergang«, stimmt der Riese zu. »Fantastischhaft, geradezu bemerkensdruckend.«

Auch der Apfelbaummann und Winzelklein nicken.

Dreißigmutter schließt ihre Augen und summt, zuerst ganz leise, dann immer lauter, bis es sich anhört wie ein Orchester.

Bunte Lichter wabern durch die Luft und machen die Töne sichtbar, die Dreißigmutter singt. Einzelne Melodien vereinen sich zu einem wundersamen Klangteppich, der sich über die Landschaft legt und diese vollkommen einhüllt. Würden die Träumer jene Musik im Wachzustand hören, wäre vieles leichter für sie. Denn die Töne sind berauschend und erzählen von der Liebe, der Schönheit der Dinge und dem Sinn des Lebens. Die Musik ergreift Besitz von allen Anwesenden und zaubert ein glückliches Lächeln in ihre Gesichter. Also, auf alle außer der Hexe, die Traumbart noch immer argwöhnisch betrachtet und darauf wartet, dass er ihr endlich die Hauptaufgabe offenbart, die er eben angedeutet hat.

»Was ist nun mit meiner Aufgabe?«, erkundigt sie sich schließlich ungeduldig, als Traumbart keine Anstalten macht, darüber zu sprechen.

»Du musst einen Zaubertrank erfinden, der alle Kinder zu Mäusen macht«, erklärt Traumbart. »Das ist deine Aufgabe, zumindest in den Augen desjenigen, der dich gerade träumt ...«

Roald, der Schlafende, zuckt im Schlaf, als er in seinem Geiste diese Worte vernimmt. »Zaubertrank … Mäuse …«, murmelt der Schläfer in jenem Moment.

»Denn du bist die Hoch- und Großmeisterhexe.«

»Hoch- und Großmeisterhexe«, wiederholt der Schlafende.

»Und woraus soll ich solch einen Trank herstellen? Ich meine, die Idee ist sehr verlockend, wenn alle Kinder Mäuse wären und wir Hexen sie dann schneller einfangen könnten, um sie genüsslich zu verspeisen. Und dann wäre da noch …«

»Nimm, was du willst«, unterbricht Traumbart ihre Vorstellungen. »Grunzer-Eier, Lieblos-Blätter, Gemeine Koffer-Zinken oder Walnuss-Burtel. Du wirst schon eine geeignete Mixtur erfinden. Und wenn du es nicht schaffst, dann wird es derjenige tun, der dich gerade träumt.«

»Ich verstehe kein Wort von dem, was du sagst, Riesenbart«, meckert die Hexe. »Aber die Idee ist gut. Sehr gut sogar, wenn ich genauer darüber nachdenke. Und ich soll die Hoch- und Großmeisterhexe sein? Wie bezaubernd.« Sie grinst und ihre Augen nehmen einen vollkommen abwesenden Ausdruck an, als sie bereits über einen derartigen Zaubertrank nachdenkt.

Traumbart bleibt stehen und sieht der Hexe nach, wie sie gedankenverloren den Abhang hinunterschreitet und bald schon aus seinem Sichtfeld verschwindet.

Er schaut zu Dreißigmutter, die noch immer den Traum mit ihrer lieblichen Musik untermalt, und betrachtet dann Winzelklein, der unrealistischeDinge wie Wolken aus süßer Zuckerwatte oder Mischobst-Puddingbäume erscheinen lässt. Letztere wiegen sich gemächlich im Wind und von ihren Ästen tropft Pudding mit Apfel-, Holunder- oder Bananengeschmack. Malamandroid verschafft dem Ganzen einen zauberhaften Glanz, der unweigerlich – zumindest Teile davon – im Gedächtnis des Träumers haftenbleiben muss. Schnabbelsack hingegen verteilt überall Farbtupfer, mit denen er nicht nur die Pflanzen, sondern auch den Himmel und den Boden einfärbt. Fruchtling sitzt einfach nur da, starrt in die Ferne und flüstert eindrucksvolle Sätze wie zum Beispiel: »Wenn du etwas erreichen willst, lies, soviel du kannst« oder »Alle weisen Männer genießen hier und da ein wenig Unsinn.«

Und der Apfelbaummann und das Löwenzahnmädchen stehen Blatt in Ast nebeneinander und genießen es, zu existieren. Das Löwenzahnmädchen kümmert sich um den Realismus, in dem es der Traumlandschaft realitätsnahe Sprenkel verpasst und Pflanzen und Tiere erscheinen lässt, die es in der wirklichen Welt gibt. Und der Apfelbaummann macht sich den Gesamtablauf des Traumes zur Aufgabe. Er koordiniert alle Zutaten und vermischt sie zu einem unvergesslichen Erlebnis für den Träumer.

»Und wenn wir jetzt gehen, geben wir den Schlafenden wieder frei«, sagt Winzelklein.

»In der Stille der Erinnerungen wird er vor seinem geistigen Auge sehen, was wir ihm gezeigt haben.« Malamandroid lächelt und sieht in die Richtung, in der die Hexe verschwunden ist.

»Einen Herzschlag lang wird er denken, es wäre alles wirklich passiert. Er wird sich den Donner und den Regen ins Gedächtnis rufen, den wir erschufen.« Der Apfelbaummann schließt die Augen und ein entferntes Rumpeln grollt über die Landschaft. Sekunden später prasselt Regen sanft vom Himmel, der in spektakulären Farben erglüht. Schnabbelsack pfeift gutgelaunt und lässt einen bunt schillernden Regenbogen entstehen.

»Das Leben der Menschen wird sich für immer verändern, wenn sie uns begegnet sind«, flüstert Traumbart.

»Vor allem das Leben dieses Schläfers. Er wird den Menschen von uns berichten, sie an seinen Träumen teilhaben lassen«, schnabbelt Schnabbelsack.

»Wie kommst du darauf?«, will Dreißigmutter wissen und unterbricht für einen Moment ihre wunderbare Komposition.

»Weil er etwas Besonderes ist«, gibt Schnabbelsack zur Antwort. »Spürt ihr denn nicht, wie er uns und all die Dinge um uns herum förmlich aufsaugt? Er will sich alles merken, was wir ihm gezeigt haben. Und er erfreut sich an diesem Spektakel für Schlafende, das wir in Zukunft Träume nennen werden. Er ist einfach der perfekte Träumer, der seine Erlebnisse mit uns in sein reales Leben mitnehmen wird.«

»Wird er denn der einzige sein, der das so empfindet?«, erkundigt sich der Fruchtling.

»Keine Sorge, es werden viele Menschen sein, die so sind wie er und sich an uns erinnern, nachdem sie aufgewacht sind. Aber er war einer der ersten. Er wird

Kinder und Erwachsenen gleichermaßen erfreuen mit seinen Geschichten, die wir ihm vorgeträumt haben. Wir machen Menschen wie ihn reich im Herzen mit unseren Darbietungen. Träume sind grenzenlose Gedanken, die im Schläfer schlummern und von uns freigesetzt werden.« Er sieht sie nacheinander an und schmunzelt. »Wir alle sind Träume, meine Freunde. Auch ich bin nur ein Traum.«

Und als der Träumende erwacht, sterben der Apfelbaummann und seine Freunde. Aber sie erlöschen nur für kurze Zeit, denn Roald schreibt tatsächlich Geschichten über sie. Vor allem über die Dinge, die sie ihm während seiner Ruhephase vorgegaukelt haben. Der Schläfer schreibt seine Träume auf, damit andere sie später ebenfalls träumen und miterleben können. Er macht damit die Welt selbst zu einem Ort, an dem Träume beginnen.

Jeden Tag aufs Neue …

AUTOREN

Mirco Adam, Jahrgang 1970, verheiratet, zwei Kinder.

Er lebt in einem kleinen Ort im südlichen Heidekreis, hat ein wenig studiert, Zahntechniker gelernt und ist seit der Jahrtausendwende bei einem großen deutschen IT Unternehmen angestellt.

Mirco ist Autor des freien Science Fiction Pen&Paper Rollenspiels RiftRoamers.

Die Kurzgeschichte in dieser Anthologie ist sein belletristisches Debüt.

Bücher:

Tschüsschen, Tschüsschen II bis III

Kontakt:

http://ma.riftroamers.net

Herbert Arp, Jahrgang 1972, lebt in Hamburg, hat Informatikassistent gelernt, Soziale Arbeit studiert und ist seit 2002 als freiberuflicher Texter und Journalist tätig. Die Kurzgeschichte in der ersten Tschüsschen-Anthologie ist sein belletristisches Debüt.

Bücher:

Tschüsschen, Tschüsschen I bis III

Tschüsschen Berta

Kontakt:

Autorenseite: http://herr-arp.de

Max und das Fetale Alkoholsyndrom (FAS)

www.youtube.com/watch?v=zzjxrROycmE

E-Mail: info@herr-arp.de

Wolfgang Brunner wurde am 13. Dezember 1964 im bayrischen Freising geboren und verbrachte Kindheit und Jugend in München. 2001 zog er für 10 Jahre nach Berlin und lebt heute mit seiner Frau und einem gemeinsamen Sohn am Niederrhein.

Schon in früher Kindheit beschäftigte sich Brunner mit Literatur und Sprache. Das Aufeinandertreffen mit dem bekannten Schriftsteller Michael Ende, dem Erschaffer der "Unendlichen Geschichte", kann ohne weiteres als Auslöser für Brunners Entschluss, selbst Autor zu werden, gewertet werden.

Bücher: u.a. Kinderspiele, Höllengeschichten
Tschüsschen, Tschüsschen III
Tschüsschen Berta

Kontakt:
wolfgangbrunner@gmx.com
www.wolfgangbrunner.comFacebook:
facebook.com/wolfgangbrunnerautor

JULIA DEST

Zu Schreiben ist, seit ich buchstabieren kann, eher ein Hobby. Zunächst eine Flucht aus der Welt der Erwachsenen und später eine vor der Oberflächlichkeit der Menschen allgemein. Ich arbeite als Grafikdesignerin für Paperwork.

Bücher:
Tschüsschen, Tschüsschen I bis III
Tschüsschen Berta

Kontakt:
Website: paperwork.design
Facebook: www.facebook.com/Julias.Destiny
Instagram: www.instagram.com/paperwork.design
E-Mail: paperwork@gmx.info

Zu Hause bin ich im Hardboiled-Genre und veröffentliche im REDRUM Verlag. Doch bin ich auch an anderen Genres interessiert und habe z.B. auch im Science-Fiction-Bereich veröffentlicht.

Bücher:

Runaways – Die Gesetzlosen

Sternenring-Weltende

Ich will nicht sterben, Stone

Tschüsschen, Tschüsschen I bis III

Tschüsschen Berta

Kontakt:

Facebook: www.facebook.com/alexander.frost.9256

E-Mail: Alexander.kuehl@radioplanet-berlin.de

COLJA NOWAK

Colja Nowak hofft bei jeder Vita, dass es die letzte ist, die er schreiben muss. Wie dem auch sei, er wurde am 22. Februar mitten ins berüchtigte Hamburger Schneechaos von 1979 geboren.

Beeinflusst durch die Werke von Chuck Palahniuk und Bret Easton Ellis entwickelte er schon als Teenager das Bedürfnis, seiner Umwelt ihr Spiegelbild im eigenen Erbrochenem zu präsentieren, aber es sollte noch dauern. Zwei Dekaden voller Ausschweifungen bremsten die Pläne vorerst aus. Irgendwann, als ihn all das nur noch langweilte, fragte er sich: Wie vermeidest du es Amok zu laufen?

Er erinnerte sich an den vergessenen Wunsch zu schreiben. Und siehe da! Machwerke wie Letzte Ausfahrt Wacken und Barcelona Snuff Project, wirkten wie eine Selbsttherapie und halten ihn bis zum heutigen Tag aus Psychiatrie raus.

Bücher:

Barcelona Snuff Project

Letzte Ausfahrt Wacken

Tschüsschen, Tschüsschen III

Tschüsschen Berta

Kontakt: www.facebook.com/colja.nowak

Instagram:

www.instagram.com/Transgressive_fiction/

E-Mail: florianmeyer2202@gmail.com

CLEM C. SCHERMANN

Clem C. Schermann tritt mit „Nebelkinder" als Debütant auf. Während er beruflich als Jurist der alltäglichen Vielfalt begegnet, schöpft er seine eigene Kreativität insbesondere im Bereich der Rollenspielerei aus, für die er seit über zwei Jahrzehnten als Spielleiter selbst Erzählungen (sogenannte Abenteuer) entwickelt. Daneben hat er ein reges Interesse an den Genres Science Fiction und Mystery.

Bücher: Tschüsschen, Tschüsschen II bis III
Tschüsschen Berta

Xing: www.xing.com/profile/ClemCarlos_Schermann